U0449401

中华先锋人物
故事汇

王顺友
大凉山的希望信使

WANG SHUNYOU
DALIANG SHAN DE XIWANG XINSHI

曾维惠 著

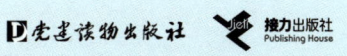

党建读物出版社　接力出版社

图书在版编目（CIP）数据

王顺友：大凉山的希望信使/曾维惠著.—南宁：接力出版社；北京：党建读物出版社，2021.6
（中华人物故事汇．中华先锋人物故事汇）
ISBN 978-7-5448-7199-0

Ⅰ.①王… Ⅱ.①曾… Ⅲ.①传记小说-中国-当代 Ⅳ.①I247.5

中国版本图书馆CIP数据核字(2021)第091884号

王顺友 —— 大凉山的希望信使
曾维惠 著

责任编辑：	严利颖　谢洪波	
责任校对：	杨 艳　杜伟娜　王蒙	
装帧设计：	严 冬　许继云	美术编辑：高春雷
出版发行：	党建读物出版社　接力出版社	
地　　址：	北京市西城区西长安街80号东楼（邮编：100815）	
	广西南宁市园湖南路9号（邮编：530022）	
网　　址：	http://www.djcb71.com　　http://www.jielibj.com	
电　　话：	010-65547970/7621	
经　　销：	新华书店	
印　　刷：	河北鹏润印刷有限公司	

2021年6月第1版　　2022年2月第2次印刷
787毫米×1092毫米　32开本　　5印张　　70千字
印数：20 001—25 000册　定价：25.00元

本社版图书如有印装错误，我社负责调换（电话：010-65547970/7621）

目 录

写给小读者的话 ·········· 1

骑马送信的父亲 ········· 1

接过缰绳 ············ 11

邮路艰辛 ············ 17

无边的孤独 ·········· 25

乡亲们口中的"王大胆" ···· 33

让乡亲们吃上蔬菜 ······· 39

乡亲们需要我,我也离不开
他们 ·············· 47

两份杂志和一批标语 ······ 55

这是爸爸,不是客人 ······ 61

只能给她唱支歌·············67

大家的儿子·············75

暴风雨中送录取通知书·······83

送去陶家的期待···········91

邮路上的节日············97

比我的命都要金贵·········103

不能等··············109

邮路上的家才是他真正的家···115

亲密的伙伴············121

我想念他们············127

走出大凉山············135

心还在邮路上··········143

写给小读者的话

亲爱的小朋友,你收到过邮递员送来的邮件吗?你见过骑着自行车或开着邮车送邮件的邮递员吗?你见过牵着马儿送邮件的邮递员吗?

世界上有许多种路:铁路、公路、石板路、泥泞小路……你听说过马班邮路吗?这条马班邮路,在崇山峻岭间,由泥泞的洼谷组成,由崎岖的陡坡组成,由乱石与杂草组成。

有这样一个人,一个月里有二十八天都牵着一匹马,行走在马班邮路上,沿路给大家送邮件。这个人,在这条艰险的马班邮路上,走了三十年,共计三十四万公里,相当于走了二十七趟二万五千里长征,绕着地球赤道走了八圈半。他,被评为

"感动中国"二〇〇五年度人物，当时组委会给他的颁奖词是：他朴实得像一块石头，一个人，一匹马，一段世界邮政史上的传奇，他过滩涉水，越岭翻山，用一个人的长征传邮万里，用二十年的跋涉飞雪传薪，路的尽头还有路，山的那边还是山，近邻尚得百里远，世上最亲邮递员。

他，是党的十八大代表。

他，于二〇〇九年，被评为"100位新中国成立以来感动中国人物"。

他，于二〇一九年，荣获"最美奋斗者"个人称号。

他，还曾荣获全国优秀共产党员、全国劳动模范、全国道德模范等荣誉称号。

……

他叫王顺友。从一九八五年开始，年仅二十岁的他，从父亲的手中接过马鞭，在漫漫马班邮路上，一走就是三十年。他是怎样走过这三十年的呢？让我们一起来读王顺友的故事吧。

骑马送信的父亲

一九六五年,在四川省木里藏族自治县有一个男孩出生了,父母给他取名为王顺友。王顺友出生的时候,他的父亲王友才已经在木里藏族自治县邮局干了五年的邮递员工作。

多年以前,在交通不方便的木里藏族自治县还没有邮递员,普通人家的通信方式主要就是口信和人递。

假如你住在木里藏族自治县白碉苗族乡,你想通知住在三桷垭乡的亲戚,请他什么时候到你家里做客,你就要在家门口等待一个要去三桷垭乡,或者是要从三桷垭乡路过的人,请他带个口信,把这个消息带给你的亲戚。口信的优点是比较快速，毕竟带口信的人马上就会赶到或经过口信的目的地。口信也有缺点，比如：带口信的人在口传的过程中可能会有口误，造成口信被误传；带口信的人可能会忘了这件事，造成传口信失败。

人递和口信的方式有些类似，有所不同的就是把要传递的内容写在纸上，甚至还要装进信封里，请路过的人帮你捎到收信人那里。人递也同样需要传递信件的人有责任心，不然，这封信件要么会被弄丢，要么会被忘记送出。

除了这两种最为常见、最为简便的通信方式，还有飞鸽、烽火、马递、旗帜等，只不过普通人家用得少。

后来有了邮递员，但是因为没有公路，也没有给邮递员配马，邮递员只能背着重重的邮件，靠步行给大家送邮件。像木里这样的山区，平坦的路很少，邮递员背着重重的邮件，要翻过一座座大山，蹚过一条条大河小河。在翻山的时候，邮递员得一边走一边歇，因为坡太陡，邮件太重啊！在过河的时候，邮递员得把邮件顶在头上，因为不能打湿了这些邮件啊！不管是信件、包裹，还是报纸杂志，邮递员都希望把它们平安而整洁地送到大家的手中。

邮递员的工作，非常辛苦。

邮递员的工作，非常重要。

到了一九六〇年，当王友才成为木里藏族自治县邮局的一名邮递员时，县里已经给邮递员们配了马，邮递员们开始骑着马挨村挨户地送邮件。但是，骑马送邮件，也并不比之前步行送邮件轻松多少，只是不用人去背邮件而已。山路太陡，不管是上山，还是下山，邮递员都不可能骑在马背上：一来马走起来很吃力，二来人骑在马背上也很容易摔下来。

邮递员有了马，人们便把邮递员送邮件所走的那条路称作马班邮路。

童年时期的王顺友，特别崇拜骑马送邮件的父亲。每当父亲送邮件回来，王顺友都要缠着父亲，让父亲给他讲邮路上的故事。

"爸爸，你累不累？"王顺友问。

"当然累哟，一路上全是陡坡陡坎，有些地方路都没有。"王友才回答道。

"这么累,你还去送邮件吗?"王顺友问。

"送啊,再累也要去送。"王友才回答。

"为什么呢?"王顺友问。

"乡亲们需要啊!为了乡亲们,吃点苦,值得。"王友才回答。

……

"爸爸,送信的路上,什么时候最高兴?"王顺友问。

"把信交到乡亲们手上的时候。"王友才回答。

"为什么呢?他们又不给你钱。"王顺友问。

"看到乡亲们高兴,我比得到钱还高兴。"王友才回答。

……

"看到乡亲们高兴,我比得到钱还高兴。"小小的王顺友,并不能理解父亲这句话的深刻含义。但是,王顺友知道父亲送去的邮件能给大家带去快乐。

王顺友喜欢坐在家门口,等待邮递员经过。

嗒嗒……嗒嗒……听到马蹄声了。

叮当……叮当……马铃声也响起了。

王顺友知道，邮递员来了。

"大哥，有你们家的信。"走到一户人家门口，邮递员朝着屋内大声喊道。

屋里的人出门来，接过信件，高兴地说："谢谢你！谢谢你！信终于来了。"

王顺友看见，每一个收到邮件的人，脸上都露出了幸福的微笑。

在学校里上学的时候，王顺友也看见过邮递员给学校送邮件，或者是些信，或者是一些报纸杂志，或者是一份文件，或者是一个大件的包裹……

"当邮递员真辛苦！"

"真是太谢谢邮递员了！"

"是啊，如果没有他们的辛勤奔走，我们跟外面就会断了联系。"

……

听到这些，王顺友更加崇拜邮递员，特别是自己的父亲。

在王顺友八岁那年的冬天，一天夜晚，父亲王友才一头撞开了家门，倒在家门口。

"哎呀，你怎么了？"王顺友的母亲赶紧扶起王友才。

"雪……烧伤了……我的眼睛……"王友才痛苦地说。母亲看了看父亲的眼睛，说："呀，又红又肿。"

"我这眼睛……怕是要瞎了……要不是……牵着马，我……就回不来了……"王友才说。

这些天，大雪一直下，走邮路的王友才在雪地上走得太久，雪地反射的紫外线伤了眼睛，他的双眼严重充血水肿，已经看不清东西了。幸好老马识途，他牵着马，由马带路，才回到了家里。

王顺友的母亲找来草药，熬成汤汁，给父亲王友才熏眼睛。

"往后啊，遇上大雪天，就不要去走邮路了，要是瞎了怎么办？"母亲说。

"一年中这么多下雪天，如果都不走邮路，那些邮件怎么办？"父亲说。

"唉!"母亲重重地叹了口气。

第二天清晨,王友才高兴地说:"我能看得见了。"说完,又开始忙活着往马背上捆邮包。

"你的眼睛刚好,休息几天再去吧。"母亲抱着父亲的腿,一边哭一边说,"你干脆不要走邮路了好不好?辛苦不说,说不定还会搭上性命……"

父亲生气地吼道:"你懂什么?我这份工作很重要。这些邮件里有县里的文件,县里的文件不按时送到乡上,全乡的工作都要受影响。还有乡亲们的信也要尽快送去,人家天天站在门口,守在路口,盼着呢。"

听了这些话,母亲只好放开父亲,眼见着他牵着驮着邮包的马,又一次走上了邮路。

看着父亲的背影,王顺友在心里默默地说:父亲真伟大!

在学校里,王顺友和同学们玩过一个游戏:送邮件。王顺友扮演骑着马送邮件的邮递员,同学们扮演收邮件的乡亲们。他把凳子当成马,把书本当成邮件,每当王顺友骑着"马",把"邮件"递到"乡亲们"手中,"乡亲们"跟他说"谢谢"的时候,他就感到特别开心。

父亲,是王顺友心目中伟大的信使。童年时期的王顺友,便有了一个坚定的梦想:长大后,要当一个像父亲那样的邮递员,牵着马,走上马班邮路,给乡亲们送邮件。

骑马送信的父亲　9

接过缰绳

父亲王友才不辞劳苦,坚守在马班邮路上,这一坚守,就是二十四年。王顺友目睹了父亲的辛苦,也目睹了父亲把邮件送到父老乡亲们手上的幸福,成为一名马班邮递员的梦想渐渐地在王顺友心里扎下了根。

父亲也曾多次问过王顺友,是不是愿意跟自己一样,当一名马班邮递员,王顺友的回答都很坚定:"愿意!非常愿意!"父亲还说,当马班邮递员,为的不是那份微薄的工资,为的是尽快把重要的文件、信件、包裹等送到乡亲们的手中,为的是辛苦跋涉后从大家的快乐中享受到快乐。是的,当乡村邮递员的那份微薄的工资,和邮路上的辛苦完全不成正比。

王顺友的父亲在走了二十四年马班邮路后，于一九八五年把缰绳交到了王顺友的手中。这一年，王顺友二十岁。

"我老了，走不动了，这个班就交给你了。"父亲在把缰绳交给王顺友的时候，语重心长地说，"在邮路上，你要记住：不许丢失邮件，不能打湿邮件，不准贪污和私拆邮件，不准冒领汇款，不能托人代收邮件，不能损坏邮件，要做到准班、准点。"

王顺友点了点头。

父亲对王顺友讲的邮路上的注意事项，成为王顺友往后走邮路谨遵的训诫。

父亲又拍了拍王顺友的肩膀，说："送信就是为党做事，为党做事的人要吃得起苦。"

王顺友郑重地点了点头，把手中的缰绳握得更紧了。

王顺友知道，接过缰绳，就是接过了一副重担，接过了一项使命。他曾经跟着父亲走过一趟邮路，他知道邮路上的艰难。然而，为了实现心中的那个梦想，为了让山里的乡政府尽快收到上级的文件，为了让乡亲们与外界取得联系，王顺友毅然挑起了这副重担。

为什么说这是一副重担呢？我们还得从木里藏族自治县的地理位置说起。

木里藏族自治县位于四川省的西南部边缘，在青藏高原和云贵高原交界的地方，它东跨雅砻江，西抵贡嘎山，南临金沙江，北靠甘孜州，山高地广，人烟稀少。在木里藏族自治县，每平方公里只有十个人左右，可能你走上大半天也遇不上一个人。全县的平均海拔是三千一百米，曾经有十五条马班邮路，绝大多数都要通过海拔四千米以上的高山。全县的相对高度差是四千四百二十八米，可能去趟邻乡，你就需要从低海拔地区跋涉到空气稀薄的高海拔地区。

在二十世纪，木里藏族自治县大部分乡镇既不通公路，也不通电话，乡政府和乡亲们与外界的联系，便全靠走马班邮路的乡村邮递员。

王顺友刚参加工作的时候，所走的马班邮路是这条线：从木里县城到白碉苗族乡、三桷垭乡、倮波乡，最后到卡拉乡。这条邮路往返里程有五百八十四公里。到一九九九年的时候，县邮政局的领导认为王顺友的工作任务太繁重，便把他的马班邮路线路调整为从木里县城出发，经过白碉苗族乡和三桷垭乡，到达倮波乡后便返回到县里，这条邮路往返也有三百六十公里。可别小看这三百六十公里，王顺友走一个来回需要十四天，如果遇上一点儿意外，或者是人或马生病，就需要更长的时间了。

木里藏族自治县曾经一共有十五条马班邮路，总计四千四百七十二公里，王顺友所走的这条邮路，是其中格外艰辛的一条。然而，王顺友并没有怨言，他乐呵呵地接受了上级派给他的路线，任劳任怨地在这条艰险而漫长的邮路上走着。邮路漫漫，遥远而又艰险。每当走完一趟邮路回到县邮政局后，王顺友便又忙着清点下一趟要送出去的邮件。交接完毕后，县邮政局用邮车将王顺友和邮件送到十公里外大山里的家中，他的马养在那里（县城里不能养马），他需要把这些邮件和一路所需的生活用品，还有马料捆在马背上，然后再次出发。王顺友就这样走过了一个又一个十四天，就这样走过了一年又一年。

还记得第一次独自走邮路，王顺友在翻越查尔瓦梁子的时候，冰雪覆盖，寒风呼啸，马和人都行走艰难。有一刻，王顺友对自己说："等走完这一趟，我就再也不走了。"可是，他的耳边响起了父亲的话："送信就是为党做事，为党做事的人要吃得起苦。"于是，他又咬紧牙关坚持着。

这第一趟邮路走完，王顺友做到了父亲把缰绳交给他的时候对他的叮嘱："在邮路上，你要记住：不许丢失邮件，不能打湿邮件，不准贪污和私拆邮件，不准冒领汇款，不能托人代收邮件，不能损坏邮件，要做到准班、准点。"

遇上刮风下雨，王顺友宁可自己被打湿也要护着邮件；人或者马不小心摔了跤，即使自己身上沾满泥土，邮包也总是被整理得干干净净的；有些人家离乡上太远，但王顺友还是愿意多走路，把邮件亲自送到收件人的手中；有些包裹很值钱，但王顺友完全没有见钱眼开，而是安全地把邮件送达。

握着手中的缰绳，王顺友如同握着使命，握着重任，握着大家的希望。

邮路艰辛

邮路漫漫，王顺友的马每次都要驮很重的包裹——邮包、食物、马料、给乡亲们带的东西，跟王顺友一起走上邮路。王顺友总是把邮包捆得结结实实，捶也捶不散，摇也摇不乱，这样才能保证邮包的安全。捆好了包裹，王顺友又开始往马背上捆扎自己的行囊。

王顺友会在行囊中带些什么呢？也许有人认为：在外半个月，王顺友一定会带许多好吃的好喝的。但王顺友的行囊其实很简单：一袋干粮（主要是糌粑和腊肉，饿了就吃几口）、一袋饲料（用来喂马）、一顶帐篷（露宿的时候要用）、一壶白酒（天冷的时候为了御寒要喝几口）。王顺友说，包裹很重，马很辛苦，他就尽量少带东西，给马减轻负担。

王顺友牵着马，出了家门，没有说一句话。王顺友的妻子站在墙角，默默地望着他走上邮路，也没有说一句话。他们就是用这样的方式和对方道别，所有的牵挂，所有的祝福，所有的依恋，都在各自的心底。

王顺友所走的这段邮路，首先得征服海拔四千多米的查尔瓦梁子。他的马驮着重重的邮包，王顺友爱马，舍不得再增加马的负担，自己便一路步行。查尔瓦梁子，越往上爬，温度越低，氧气越稀薄，高原反应加上寒冷，脚底下又是厚厚的积雪，行走艰难，却不能停下来，因为一停下来就可能会被冻死。王顺友穿着家里最厚的棉衣，绑着最厚的棉绑腿，戴着最厚的手套，费劲地握着缰绳，努力地坚持着，他告诉自己：往上走一步，就离胜利近了一步。

风大，雪厚，看不清前方的路。找不到路的时候，全靠马替王顺友在前面带路。王顺友和他的马，深一脚浅一脚地朝前方走着。

夜幕降临，王顺友终于翻过查尔瓦梁子下到了呷米弯，这是一块位于半山腰的缓坡地，是个还不错的歇脚地。他把马拴在一棵树上，给马拿了一些马料，说："你先吃。"然后，王顺友把帐篷搭好，再找来一些枯树枝，生了一堆火。终于可以暖和暖和了。

王顺友喝了几口酒，让身体暖和得快一些。他一边吃着糌粑，一边跟马说话："你也辛苦，好好吃东西，还有很远的路要走。冷吧？再冷也要坚持……"

这个夜晚，温度很低，王顺友裹着塑料布，哆嗦了一个晚上，实在太困了，只是打了个盹儿，便又被冻醒了。王顺友听着寒风呼啸，听着饥饿野兽的叫声，盼着天明……

如果说王顺友在查尔瓦梁子上刚过了冬天，等他下到海拔一千多米的雅砻江河谷时，又走进了夏天。这一路上，王顺友不得不脱掉棉衣，解开棉绑腿，脱下手套，最后走得汗流浃背。雅砻江河谷温度高的时候有四十几摄氏度，用他的话来说："在查尔瓦梁子上冷得伤心，走到雅砻江河谷又热得伤心。"

如果说查尔瓦梁子的冷得伤心和雅砻江河谷的热得伤心算是王顺友邮路上的艰难的话,那么,雅砻江边一个叫"九十九道拐"的地方可谓是难上加难。

为什么叫"九十九道拐"?因为它弯连着弯,拐连着拐,走过一弯还有一弯,走过一拐还有一拐,仿佛永远也走不到尽头。抬头一看,山路陡峭而狭窄;低头望去,下面是汹涌怒吼的雅砻江。王顺友和他的马每走一步都非常小心,稍有不注意,就可能摔进波涛滚滚的雅砻江中。

"老伙计,看好路。"王顺友叮嘱着走在身旁的马。

驮着重重的包裹,要爬这么陡峭的崖壁,马也很吃力。然而,王顺友的马和王顺友一样,有一股不到达目的地不放弃的精神,虽然走得慢了点,但依旧在不停地往上,往上。

牵着缰绳的王顺友,也需要手脚并用才能爬上陡坡。遇到特别不好走的地方,他得扶住马鞍才能爬上去。

邮路艰辛

道路艰险，天气突变。刚才还晴空烈日，转眼间又是雷声轰鸣，狂风大作，紧跟着便是暴雨如注。王顺友和他的马所在的地方属于空旷地带，连个可以避风雨的岩洞也找不到。他首先做的事情，便是用雨布遮好邮包，坚决不能把邮件淋湿。王顺友和马，顶着暴风雨继续前行。雨衣根本遮不住这样的风雨，很快，王顺友便浑身湿透。他不知道风雨什么时候能停，他必须在风雨中赶时间，把政府的通知，把乡亲们的邮件尽快送到，这是他的职责。

这天晚上，他在一棵大树下露宿。身上的衣服湿透了，但却不能生火来烤衣服，因为他担心稍不注意便会引发山林火灾。王顺友太困了，他吃了一些糌粑，啃了两口腊肉，喝了一些山泉水，便裹着还没有干的衣服，睡下了。为了明天能有充沛的精力赶路，哪怕是穿着湿衣服，哪怕是睡在湿漉漉的地上，他也必须睡下，并且强迫自己睡着。

这样难走的路，王顺友和他的马却可以比普通人走得快，用当地人的话来说就是："哪个敢跟他比哟,不管是上坡还是下坎,不管那条路有多烂有多滑,更不管有没有路,他都走得比我们快。这家伙,走个路都跟拼命一样……"

是的,在这条艰难的邮路上,王顺友的确是在拼,跟风霜雪雨拼,跟坡坡坎坎拼,跟高山大河拼,跟自己的内心拼。他凭借顽强的意志和坚定的信念,或走或爬或蹚,战胜了一个又一个五百八十四公里,把一个又一个邮件送到了千家万户。

无边的孤独

一条路、一匹马、一顶帐篷、一支笛子、一个邮包、一袋干粮、一袋饲料、一壶白酒、一把刀……它们都不会说话,但却陪伴着王顺友走过漫漫邮路。

邮路上的王顺友,是孤独的。

每次出发前,除了把大件包裹和报刊结结实实捆到马背上,王顺友还会认真地整理自己的邮包。邮包上印着"中国人民邮政"这几个大字,标志着王顺友所做的事业是人民的事业,王顺友所走的路是人民所期待的路。王顺友的邮包里,除了装着要送的信件,还有一支笛子,一把刀。这支笛子,是王顺友在儿子小时候买回来的,因为儿子要上学，也吹不好笛子，王顺友便把这笛子带上，在邮路上吹一吹。这把刀，是父亲王友才留给他的，在邮路上，这把刀发挥着很重要的作用：可以砍柴，也可以防身。王顺友说，看着这把刀，就像看到父亲一样，带着这把刀，再苦再累，都会觉得心里暖乎乎的。

"老伙计，我们上路了。"王顺友抚着马背，轻声对马说，好像在和亲人说话一样。

在邮路上，王顺友时常是走了好几天都看不到一个人影。一条路、一匹马、一个人……王顺友就这样孤独地走着。他一边走，一边听着马蹄声，听着马铃声，听着风声……下雨的时候，就连听着雨声也是一种安慰。所有的声音对王顺友来说，都是孤独邮路上的伴儿。

憋得慌的时候，王顺友会和他的马说话。

"老伙计，累不累？"

"饿了没有？吃几口料？"

"来，喝几口水，解个渴。"

"老伙计，不着急，等我们到了乡里，把包裹送了，你这背上就轻了。"

……

王顺友的马,成了他倾诉的对象。他会把苦与累讲给马听,把自己的心事讲给马听,也会把自己的喜事讲给马听。

"老伙计,过两天我要去领奖了。话说回来,这个奖,应该分一半给你才对,没有你跟着我走这条路,就没有我这个奖……"王顺友讲完,拍了拍马背。马也似乎听懂了他的意思,用头蹭了蹭王顺友的脸。这一刻,王顺友的心里热乎乎的。

王顺友会在寂寞的邮路上唱苗族山歌:

月亮出来照山坡,
照见山坡白石头。
要学石头千年在,
不学半路丢草鞋。
……

王顺友唱得很投入,似乎有许多听众在听他唱歌。是的,王顺友唱的山歌,高山在听,流水在听,白云在听,风在听,路在听,树在听,马也在听……每当王顺友扯开嗓子唱山歌的时候，他的马总会竖起耳朵，似乎在非常认真地听主人唱山歌。

"老伙计，我唱得好不好？"王顺友拍了拍马的头，大声地问。

马又用头蹭了蹭王顺友，好像在说："唱得好！唱得好！"

有时候，王顺友会在路上遇到一个路人，他会找机会和路人说几句话。

"老哥，你往哪里赶啊？"王顺友问。

"去老丈人家。"

"老哥，今年雨水不错，庄稼好吧？"王顺友又问。

"庄稼好得很！"

"好哟，丰收年喽！"王顺友继续说。

……

王顺友有很多话想跟这位老哥说，因为他已经好几天没有碰到过一个人，没有跟人说过一句话了。如果时间允许的话，他可以跟这位老哥聊上半天，聊聊这一路的天气，拉拉家常，说说庄稼……然而,王顺友还是克制住了,因为他要赶路,他要按时走完这趟邮路,要按时把邮件送到大家的手中。

邮路上的夜晚,是王顺友最难熬的时间。这种难,似乎胜过了道路的艰险。

山林里的夜,极为安静,安静得让王顺友觉得可怕。

漫漫长夜,无法入眠的王顺友,生起一堆篝火,跟马说了会儿话,便拿出笛子来吹,吹《英雄赞歌》,吹《北京的金山上》。王顺友不懂得简谱,这些曲子,是在他会哼唱的基础上,慢慢琢磨着吹成曲调的。他反复地吹了一曲又一曲,漫漫的长夜却只过了那么一点点。王顺友又开始数天上的星星:"一颗,两颗,三颗……"仿佛半个星空的星星都被他数完了,却还是无法入睡。

孤独,如一头恶魔袭击着王顺友,撕扯着王顺友,让他感到非常难受,甚至有快要疯掉的感觉。

王顺友靠着大树,闭上双眼,想让自己睡着。可是,他的眼前,却浮现出父母的模样,浮现出妻子的模样,浮现出儿女们的模样……一股咸咸的液体，顺着脸颊，流进了嘴里……王顺友一边流泪，一边想念父母，想念妻子儿女……想着想着，哭着哭着，王顺友又开始唱歌：

翻一坡来又一坡，
山又高来路又陡，
不是人民需要我，
哪个喜欢天天走？
……

王顺友的歌，山林给了他回应：那呼呼的风声，那哗哗的水声，还有野兽的叫声，都在回应着王顺友的歌，它们也都是王顺友的伴儿。

马是王顺友的伴儿，笛是王顺友的伴儿，歌也是王顺友的伴儿。

可是，在伸手不见五指的夜晚，无边无际的孤独，很快又从四面八方朝王顺友袭来。在孤独中，王顺友感觉心口疼、胃疼、关节疼、肚子疼……浑身好多地方都在疼。常年风餐露宿，常年吃不到热乎的食物，常年喝不到热水，常年忍受着天寒地冻,常年不是一身雪就是一身泥……四十岁的王顺友看上去更像五十多岁,脸上爬满深深的皱纹,皮肤黝黑,眼窝深陷,脸庞瘦削,一副饱经风霜的样子。

二〇〇五年,几位记者为了报道王顺友的事迹,便跟着他走了一段邮路。傍晚时分,大家在野地露营,点起篝火,跳起圆圈舞。在记者们看来,这是一个多么浪漫的时刻。被大家拉进跳舞队伍里的王顺友虽然显得有些羞涩,但却异常兴奋,他大声说:"我太高兴了!我太高兴了!我在这条路上走了二十年,从来没有见过这么多的人……如果这条路上天天都有这么多的人,我愿意走到老死……"说着说着,王顺友用双手捂着脸,哭了起来……

篝火无言,泪水无言,但它们却在无声地诉说着王顺友在邮路上的辛苦与孤独。

一个人、一匹马、一条路……沿路的高山上,镌刻着王顺友崇高的精神与神圣的使命;沿路的江流里,流淌着王顺友难以言说的孤独……

乡亲们口中的"王大胆"

王顺友所走的马班邮路,没有我们想象中骑着白马驰过草原的惬意,也没有唱着山歌欣赏风景的悠闲,更没有沿途好吃好喝的招待,有的只是各种各样的困难和意想不到的危险。

王顺友每年要走一万多公里邮路,在这条气候恶劣、空气稀薄、人烟稀少的邮路上,王顺友不知道经历了多少危险。像这样的路,当地的乡亲们都是结伴行走,或者跟着马帮一起行走,就是担心万一在路上出现意外,相互间也好有个照应。而王顺友却不能等有乡亲们走这条路的时候才走,不能等马帮来了才走,他需要在一个月里走完两趟邮路,需要把文件、报刊、邮件尽快送到大家的手中。王顺友被大家称作"王大胆"。这"王大胆"的称号是怎么得来的呢?

山再高,路再险,王顺友都不怕。

查尔瓦梁子、九十九道拐、山王庙、磨子沟、刀子垭口……每一个山名、地名、路名的背后,都暗藏着两个字——危险。行走在海拔四千多米的雪山上,气温低到零下十几摄氏度,每走一步都很吃力,一不小心就会踩滑,或者是踩进被雪掩盖着的沟里、洞里,每一寸雪地的下面,都暗藏着危险。每一道弯,每一道拐,王顺友都得步步踩稳,一不小心,就会掉下悬崖。这条邮路,不仅很长,还很险,许多地方根本就没有路,全凭他的经验判断应该朝哪个方向走,或者是跟着马踩出来的脚窝走。有些地方,如果踩到马蹄窝之外,便会掉进万丈深渊。然而,王顺友没有害怕,他一趟又一趟地在这条路上走着,他的心里有一个信念:坚持,一定要把邮件顺利地送到目的地。

一路上难免会摔跤,但王顺友不怕。

在这五百八十四公里的邮路上,王顺友不止

摔过一次跤。遇上爬陡坡，费劲地爬呀爬，一不小心又滚回到了原地，这样的例子数不胜数。

印象特别深刻的一次摔跤，是在白杨坪。这条路本来就不好走，就算是在晴天，走起来也要格外小心，不然就会有跌下悬崖的危险。那一年，王顺友和他的马走到白杨坪的时候，天气突变，下起了暴雨，洪水猛涨，把原本就不好走的路给彻底冲毁了。

"伙计，你慢点走，小心。"王顺友一边小心翼翼地朝前走，一边叮嘱着他的马。

马也感受到了道路的艰险，走得很小心。可是，意外还是发生了。突然，马蹄一滑，马身朝悬崖跌去。王顺友一急，想要拉住马，也跟着掉了下去。幸运的是，在往下滑的过程中，一棵大树挡住了王顺友。命虽然保住了，但王顺友的头还是被摔破了，血流不止。被大树挡在悬崖边上的王顺友，多么希望有人路过这里，多么希望有人来帮他一把呀！可是，他等了好久，都不见一个人。

王顺友脱险后，回到家里，家人都认不出他

来了，因为他的半边脸肿得老高，整张脸都变了形。

一路上再冷再热，王顺友也不怕。

雪山上的温度是零下十几摄氏度，在这样的环境下，即使王顺友裹着厚厚的棉袄、手套和绑腿，双手也会被冻得连缰绳都抓不住。王顺友说，再冷也得走啊，不走就得被冻死，不走就不能尽快把邮件送到乡亲们的手中。翻过了雪山，下到河谷时，气温又上升到四十几摄氏度，烈日当空，热得王顺友像背着火炉一样。实在是渴了，就捧起山泉水来喝几口，继续赶路。

一趟邮路，王顺友就能经历一年四季。就是在同一天里，他也可能会经历一年四季：在有些地方，早上还是寒冷的冬季，走着走着，便到了春季或秋季，到了中午便是夏季，到了晚上，又回到了寒冷的冬季。

"冷，我不怕，把该穿的全部穿上。热，我也不怕，把该脱的全部脱下来。冷也好，热也好，我都不怕，只要能把乡亲们的邮件送到，我就胜利了。"王顺友这样说。

露宿荒山野岭，听着野兽的叫声，王顺友还是不怕。

一路上，王顺友总少不了露宿，大树下，山洞里，岩壁旁，一顶帐篷，就撑起一个临时的家。有人问王顺友："晚上住在荒郊野地里，你怕不怕哟？"王顺友笑着说："我怕个啥？没什么可怕的。"还有人问王顺友："你不怕被老虎叼了？"王顺友笑着说："我命大，老虎不叼我。"

在露宿的日子里，王顺友会听见野兽的叫声，还会听见野兽在丛林中奔跑的声音。这时候，他会先喝几口酒，然后给自己打气壮胆："不要怕，天很快就亮了。"

一人，一马，一条邮路，遇到劫匪，王顺友依旧不怕。

二〇〇〇年七月的一天，王顺友在翻过了查尔瓦梁子后，遇到了两个劫匪。劫匪见王顺友只有一个人，便凶神恶煞地对他说："把钱和东西全部交出来！"王顺友并没有被劫匪吓倒，他一边用身体护住马背上的邮包，一边说："我是邮递员，是为乡亲们送信的，要钱没有，要命有一条！"王顺友还拔出了父亲留给他的那把刀,做出要和劫匪拼命的样子。两个劫匪被王顺友的正气给吓蒙了,一时不知道该怎么办才好。王顺友赶紧上马,马鞭一挥,飞快地从劫匪身边冲了过去。

事后,有人问王顺友:"当时你怕不怕?"

王顺友说:"两个劫匪挡路,说不怕那是假话。不过,这身邮政制服给我壮了胆。"

是的,这身邮政制服,让王顺友一身正气,正义总归是要战胜邪恶的。

有人称王顺友为"王大胆",也有人说王顺友是邮路上的英雄。王顺友喜欢人家称他"王大胆",也喜欢人家说他是英雄,因为他本身就有英雄情结。他喜欢看和英雄有关的电影,特别喜欢《英雄儿女》里的英雄王成。是的,王顺友就是邮路上的英雄,他不顾生命危险给大家送邮件,他和众多的英雄一样,在为党为人民做好事。

让乡亲们吃上蔬菜

三棵垭乡鸡毛店村，是王顺友送信返程时落脚的地方，他会在这里住上一晚。在这里，可以和乡亲们一起聊天，一起吃热乎的饭，他不用害怕，不会孤独，可以好好地睡上一觉。

鸡毛店村的乡亲们知道王顺友一路辛苦，平时又吃不好睡不好，只要王顺友住在这里，他们便会非常热情地请王顺友吃饭，把王顺友当成自家人。然而，王顺友发现，这里的乡亲们的饭桌上却没有蔬菜。不是乡亲们不热情，而是这一带的乡亲们就根本不种蔬菜。

"咪桑（王顺友的苗族名），吃顿热乎饭。"乡亲对王顺友说。

"谢谢！谢谢！"王顺友连声道谢。

"合胃口不？能不能吃饱？"乡亲问。

"好得很！好得很！"王顺友连声说。

和邮路上的糌粑面相比，和邮路上的凉水，甚至是冰块相比，这样的饭，已经跟过年一样丰盛了。

"下次进山来，我给你们带点菜种子。"王顺友说。

"有哪些菜种子可以带？"乡亲问。

"白菜、萝卜、青菜，都可以。"王顺友说。

"容易种活不？"乡亲担心菜不好种。

"这个你放心，都是很好种的菜。"王顺友说。

……

回家后，王顺友在县城买了一些蔬菜种子，又让妻子从地里收的菜种子里拿了一些，装进了邮包里。接下来的这一趟邮路，王顺友的邮包里，除了信件、笛子和刀，还多了蔬菜种子，有白菜种子、萝卜种子、青菜种子等。

王顺友除了给鸡毛店村的乡亲们带蔬菜种子，

让乡亲们吃上蔬菜

还给倮波乡磨子沟的村民带了蔬菜种子,因为他发现磨子沟的乡亲们种土豆、苞谷、荞麦等,但不种蔬菜。

"老乡,菜种子带来了,种点蔬菜,吃了营养好。"王顺友说。

"咪桑,这些细籽儿,什么时候下地哟?"乡亲问。

"来,我给你们讲一讲。"王顺友开始给大家讲怎样种蔬菜。

王顺友走邮路,往往是赶着时间在走,没有多少空闲时间可以耽搁。可是,为了教乡亲们种蔬菜,他愿意在这里耽搁一些时间。他停下脚步,跟乡亲们一起下地,细心地给他们示范种蔬菜。

"这是莲花白,如果长得好,会长得跟洗脸盆一样大,煎炒、煮汤,都很好吃,下饭得很,一家人一顿吃不完。"王顺友笑着说。

"等莲花白长大了,我们等你来,一起吃。"老乡说。

王顺友说:"这个种子撒进土里,发出苗来,等我路过的时候来给你看。苗长壮了,有五六片叶子了,就匀出来重新栽种,像种苞谷一样,把距离隔开,才能长得快,长得好……"

王顺友说到做到。他教鸡毛店和磨子沟的乡亲们把蔬菜种子撒进了地里,还在走邮路的时候抽出时间来教他们移栽、施肥、除虫等。他手把手地教大家种菜,就是希望他们能过上有蔬菜吃的好日子,提高生活质量。种菜耽搁了时间,王顺友却不会耽搁送邮件。他会加快速度赶邮路,早上早一点儿出发,路上走快一点儿,晚上晚一点儿睡觉,把种菜耽搁的时间给赶回来,坚决不影响邮件的送达时间。

在王顺友的带领下,从一九八八年开始,鸡毛店和磨子沟的乡亲们便有了自己的菜园,吃上了自己种的蔬菜,餐桌丰盛了起来。

这一天,王顺友和往常一样住在鸡毛店村。乡亲的饭桌上,有一大钵炒莲花白。

"兄弟,尝尝我们炒得怎么样,刚刚从地里摘回来的,新鲜得很。"老乡说。

王顺友夹起莲花白送进嘴里,嚼了嚼,大声

说:"好吃!好吃得很!"

"咪桑兄弟,我们能吃上这些,真是要感谢你呀!你可是我们的'活雷锋'啊!"老乡说。

"老乡啊,你这是太过于表扬我了,我哪能比得上雷锋呢?我要努力向雷锋学习。"王顺友说,"我是顺路把菜种子带过来,方便得很。"

"种子,你也不收我们的钱……"老乡说起这些,便哽咽起来,"真是太感谢了……"

王顺友还记得,年初,当他把种子递给老乡的时候,老乡从贴身衣服的口袋里掏出几张皱巴巴的钱,递到王顺友面前,说:"种子钱,我们是要给的。"

王顺友看着这皱巴巴的钱,说:"种子不值钱,我送你们。"

一包种子是值不了多少钱,但两包种子、五包种子、十包种子……加起来还是值不少钱的。而且,王顺友虽然走的是极为艰险的邮路,但他的工资并不高,给乡亲们买种子的钱,是他从微薄的工资里挤出来的。但是,看着乡亲们吃上了蔬菜,他觉得值,觉得很幸福。

除了让乡亲们吃上新鲜蔬菜，王顺友还是乡亲们的致富领路人。

王顺友与走邮路所经过的地方都结下了深厚的情感，他把这一个个地方都当成了自己的家，把乡亲们都当成了自己的亲人，所以，乡亲们的事就成了自己家人的事，就成了他自己的事，他愿意为乡亲们办好事，办实事。每当走过这些经济落后的乡村，看到乡亲们生活物资的匮乏，王顺友就在想：我一定要帮助他们发展经济，让大家都过上好日子。

王顺友做到了。只要在报纸上看到适合乡亲们的科技信息、致富信息，他就会带给乡亲们，还会坐下来念给他们听，遇到乡亲们不懂的地方，他就耐心细致地给他们讲解。因为王顺友，邮路上的乡亲们了解到了更多科技信息、致富信息，这对他们发展经济起到了重要作用。

以前，乡亲们种的小麦是本地品种，亩产只有二百斤左右。王顺友从县城带去了优良品种，让乡亲们种上，把自己收集到的提高产量的方法也告诉了乡亲们，还时不时跟大家一起下地看看庄稼的生长情况。在收获的季节，乡亲们惊讶地发现：这种优良品种的小麦，亩产竟然达到了八百到一千斤，以往亩产二百斤的品种与之相比，真是天壤之别啊！

乡亲们需要我，我也离不开他们

"咪桑，咪桑——"一位大姐朝着远处的王顺友大喊。

"哎，我来喽！"王顺友挥挥手，大声地应答。

王顺友走近后，大姐说："我天天算，算到今天你能路过我们这里。"

"大姐，你要的盐巴和茶叶，我都给你带来了。"王顺友指了指马背上的包裹说。

"我以为你上午到，在这里等了一个上午。"大姐说。

"本来上午就可以到的，给王婆婆写信耽搁了点时间。"王顺友说，"我写完信就赶过来了。"

王顺友从马背上的包裹里拿出一个独立包装的包裹，递给大姐，说："这是给你家带的盐巴和茶叶，这回给你多带点，下回要给别家带。"

大姐拿着盐巴和茶叶，说："谢谢你，咪桑！又让你绕了不少路。"

"绕个路没关系，反正两条腿生来就是走路用的。"王顺友笑着说，"只要你们方便了，我就高兴。"

大姐掏出钱来，递给王顺友。王顺友清点了一下，把多余的钱退给大姐，说："要不了这么多钱。"

"你绕了这么远的路，多的那几块钱，你回县城买水喝。"大姐说。

"我不能多收你一分钱。"王顺友说完，执意要把多出来的钱还给大姐。

"你这样赶路，还没有吃中午饭吧？进屋填填肚子。"大姐说。

"不吃了，我还要赶路。我带了糌粑，边走边吃。"王顺友说完，牵着马，转身就走。

大姐仿佛早就知道王顺友忙着赶路不会进屋

吃饭,她飞快地跑进屋,拿起一包煮好的还热乎着的土豆,追上王顺友,塞给了他,让他在路上吃。

这一次,为了给这位大姐送盐巴和茶叶,王顺友绕了三个小时的山路。

王顺友就是这样一个人,只要乡亲们需要,他便会帮他们捎带生活用品,哪怕绕很远的路,他也愿意。在他看来,乡亲们需要他,他感到很幸福。

在走邮路的时候,王顺友除了送信送包裹,还会沿路收乡亲们要寄走的信和包裹。

有一次,王顺友给一位老乡送去一封信,他给老乡念过了信后,老乡说:"咪桑,你能帮我写封回信吗?"

"可以。你念,我写。"王顺友从邮包里拿出了笔和信纸。

王顺友的邮包里,除了要送的信件和自己常用的物品,还会备一些信纸和信封,因为沿途的乡亲们随时都会有需要。

老乡说着自己的想法,王顺友认真地记录

着。信写好了,王顺友拿出一个信封来,照着之前信封上的地址,替老乡把信封也填好,然后密封上。

"咪桑,谢谢你!"老乡握着王顺友的手,眼神里写满了感激。

"不用谢,不用谢,这些都是我作为一个邮递员应该做的。"王顺友说。

王顺友把写好的信带走了,带回县城后,就会贴上邮票,替老乡寄走。老乡并不知道信纸、信封都是需要王顺友掏钱买的,更不知道还要贴邮票。然而,王顺友却没有提钱的事,在他看来,山里的乡亲们都不富裕,自己为他们贴一点儿邮费也是应该的。

在深山里,曾有一生没有走出过大山的老叔问过王顺友:"寄信要钱吗?我想给大城市里的娃写封信寄去。"

听了这话,王顺友明白,这位老叔想寄信,但手头紧,恐怕连邮费也拿不出来。他想也没有想,微笑着说:"不要钱,政府免费。"

"政府好啊,政府好啊……"老叔开心地说,

"咪桑,麻烦你帮我写封信,寄给娃。"

王顺友给老叔把信写好了,准备离开的时候,他发现,已经有人给他的马添了马料,马吃得饱饱的了。

这时候,老叔的邻居过来了,是一位大婶,她拿起一包东西,塞进王顺友的邮包,说:"这点东西,你路上吃,谢谢你给我们带种子!"

王顺友写信耽搁了时间,一路上忙着赶路,也顾不上吃饭。等他饿极了坐下来吃东西的时候才发现,那位大婶给他塞进邮包的,是一包煮好的腊肉,香喷喷的。

多少年来,王顺友在这条邮路上留下了太多的故事。他和邮路上的乡亲们结下了深厚的情谊。在乡亲们眼中,王顺友不仅仅是一名邮递员,他更是共产党员,是党和人民的代表。所以王顺友认为,自己一定要做好本职工作,要代表党和人民多为乡亲们做实事,只有这样,他才对得起党的培养,才对得起乡亲们对他的信任。

正因为肩负着这样的重任,王顺友一直坚持把邮件亲自送到每一位收件人的手中,他认为,只有这样，才不会辜负大家对他的信任。其实，按照规定，乡村邮递员只需要把邮件送到乡政府就可以了，乡政府会把邮件送下乡，或通知乡亲们到乡上来取。然而，王顺友却担心乡亲们不能尽快收到邮件，耽搁了大家的时间，所以，他宁可绕路，也要把邮件亲自送到乡亲们的手中。

为了给乡亲们捎带各种优良的种子、生活用品等，王顺友时常绕路，把原本就很漫长的邮路拉得更长，使原本就很艰难的邮路走得更难，还时常把微薄的工资拿出来贴在这上面。乡亲们每每提起王顺友，就会说：

"不晓得有多少娃吃过他的糖。"

"都不晓得替多少人写过信，贴过邮票。"

"不晓得给多少人家捎带过盐啊，茶啊，药啊。"

"咪桑是好人啊！是'活雷锋'啊！"

……

而王顺友，却没有觉得自己的做法有多么崇高，他说："乡亲们离不开我，我也离不开他们。他们经常请我吃饭，喝酒，喝茶，还给我喂马，我走的时候，还往我的包里塞土豆，塞鸡蛋，塞腊肉。我顺便为他们办点小事情，是应该的。"

说起乡亲们对王顺友的好，王顺友笑着回忆："有一年，我送邮件走到白碉苗族乡，有一位老乡竟然把一只活的老母鸡捆在了我的马背上……"

你看，王顺友又牵着他的马，出发了。

你听，王顺友又唱起了他自编的歌：

今年老王四十岁，
牵着马儿翻山坡。
为人民服务不算苦，
再苦再累都幸福。
……

两份杂志和一批标语

卡拉乡在一九九五年收到两份同样的《妇女》杂志的事情,在当地传了很久。白碉苗族乡妇联主任陈兴美,在十年后仍对当年这件事情念念不忘。

有一天,王顺友送邮件路过卡拉乡的时候,妇联主任陈兴美对他说:"我想请您帮我们订一份《妇女》杂志。"

"好啊!"王顺友爽快地答应了。

陈兴美当时没有拿钱给王顺友,她是这样想的:等王顺友订好了杂志,拿来了发票,再把钱付给他。

王顺友回到县城后,第一时间为卡拉乡订了

一份《妇女》杂志，订杂志的钱是自己掏的。王顺友并没有把发票送到卡拉乡去，他想：这份杂志，就送给大家读吧，能为大家出一份力，让大家从杂志上了解一些信息，学到一些知识，就达到订杂志的目的了。

在王顺友看来，大家愿意订杂志，就是爱学习的表现，所以，每当有人订杂志，他都会特别高兴。自己掏钱为卡拉乡的妇女们订一份杂志，王顺友觉得很值。

然而，王顺友不知道，陈兴美却在等他送发票去，然后把订杂志的钱给他。王顺友一直没有把发票送去，陈兴美便以为王顺友忘记订杂志了，她想：王顺友要走这么远的邮路，要送这么多的邮件，还要替乡亲们捎带东西，他非常忙，一定是忘记给我们订杂志了。于是，陈兴美便又通过妇联订了一份《妇女》杂志。

于是，卡拉乡每个月都要收到两份相同的杂志。陈兴美这才明白：王顺友替她订了一份杂志，只不过是他自己出钱订的，并没有拿发票来报账。

每个月，收到两份相同的杂志的时候，大家都会感慨："王顺友真是好人啊！"

王顺友就是这样的人，他总是默默地奉献着，像大山里的一块石头，默默地给大家铺着路。

除了两份杂志的事情，给大家留下深刻印象的，还有一批标语的事情。

二〇〇四年，白碉苗族乡的学校需要一批标语，校长罗文忠便通过邮局订购了一批。在他看来，通过邮局订购东西，是最方便快捷的，只要王顺友的马到了，订购的东西就送到了。

负责送这邮件的王顺友看到这批标语后才发现，它们有一百多斤重，再加上别的一些包裹，他的马根本就驮不动。这可怎么办？如果把这些标语放到下一趟再送，下一趟邮路也会有新的包裹呀。王顺友每走一趟邮路，马背上都是重重的包裹。

既然这些标语是通过邮局订购的，那就得尽快送到学校，不能延误时间，也不能出半点差错。

王顺友想了一个办法。他四下打听，知道有

一辆车要路过白碉苗族乡,便托这辆车把这批标语捎到白碉苗族乡,他付给了车主三十五元运费。

车主把标语送到学校后,罗文忠见到这些标语,吃了一惊:"呀,没想到这些标语有这么重呢。"

"是啊,有一百多斤重。"车主说。

罗文忠问车主:"是邮局请你帮我们送过来的吗?"

"是王顺友让我帮他捎过来的,给了我三十五元的运费。"车主说。

等王顺友牵着他的马来到白碉苗族乡的时候,罗文忠拿出三十五元钱,递到王顺友面前,说:"我没想到标语这么重,请车带标语过来的运费得由我们出,不能让你私人出钱。"

王顺友坚决不收罗文忠的钱,他说:"负责把邮件送到是我的本职工作,至于我用什么方式,你就甭管了。"

后来,王顺友说,学校是培养人才的地方,他对学校也有着深厚的感情,为学校办事情,为学校出点力,甚至是出点钱,他觉得很开心。

一九九七年，木里县城到白碉苗族乡的公路开通了，如果王顺友开着邮车的话，只要四个小时就可以从县城到白碉苗族乡了。他完全可以不再去翻雪山，走那么危险的路，花上两天时间，费力又费时。

有乡亲曾经问他："咪桑，公路都通了，你还在走山路送信？"

"对，我还是翻雪山送信。"王顺友说。

"乘车只要四个小时，翻雪山要两天，你怎么不乘车啊？走了十几年山路，你还没走够啊？你傻啊？"乡亲问。

"我乘车送信，是方便，也很快。不过雪山下那些托我带信、带包裹、带种子、带生活用品的乡亲们就不方便了。"王顺友说。

为了乡亲们，王顺友放弃了乘车送邮件，坚持走那条艰险的邮路。在他看来，把邮件送好的同时，为乡亲们服务好，是他做人的本分。王顺友崇高的地方就在于：别人想不到的事情，他能想到；别人做不到的事情，他能做到；别人坚持不了的事情，他能坚持。

这是爸爸，不是客人

走一趟邮路需要十四天，一个月必须走两趟，王顺友一年中有三百三十余天在邮路上奔波。一年中，他只剩下三十天左右留在家里，跟家人一起生活。

对邮路上的乡亲们，王顺友尽自己最大的努力帮助他们，给他们提供力所能及的帮助。然而，对自己的家人，王顺友却深感愧疚。

有人问王顺友："你整天在路上走，都没有时间照顾家里啊，你的妻子儿女对你没有意见吗？"

王顺友沉默了一会儿，说："我一直在邮路上走，跟他们待在一起的时间太短了，回到家里，孩子们都觉得我是个客人……每个月在家里总共只能待一两天,年年走啊走,走了还走……"

每当王顺友说这些话的时候,在邮路上想起家人的时候,眼眶都红红的。但是,他却从来没有后悔过走上这条漫长而又艰辛的邮路。

王顺友有一儿一女,儿子叫王银海,女儿叫王晓英。王顺友一个月在家就那么一两天,根本就没有多少时间陪伴孩子们,孩子们自然就跟他很生疏。

还记得有一次,王顺友送了邮件回家来,走进家里,见到儿子王银海,便想凑过去抱抱儿子,跟他亲热一下。哪知,王银海根本不接纳他,直往后退,一直退到妈妈身边,紧紧地挨着妈妈坐下,一副生怕王顺友碰到他的表情。

王顺友的妻子韩撒对王银海说:"这是爸爸,不是客人,不要怕。"

尽管韩撒一再跟儿子讲"这是爸爸",但儿子还是不愿意跟王顺友亲近。在儿子王银海的心中,眼前这个人,十几天才来家里一次,住一天就又走了,跟客人一样。

是啊，王顺友常年奔波在邮路上，和家人团聚的时间少之又少，也难怪孩子跟他不熟悉，把他当成客人。王顺友也理解儿子的这种表现，他对妻子说："不要怪孩子，要怪就怪我……"说到这里，王顺友的眼眶再一次湿润了。

韩撒也体谅丈夫的不容易，她安慰着王顺友："儿子小，不懂事，等他长大了就好了。"

可是，小小的王银海，却一直对父亲有怨气，他认为父亲一直没有把他放在心里最重要的位置。

当年，王顺友把儿子王银海带到木里县城上小学，他挺想好好地照顾儿子，让儿子好好读书，长大后有出息。可是，王顺友的工作，决定了他完全不可能好好地照顾儿子。每个月两趟邮路，走二十八天，雷打不动，王顺友一趟也没有缺席过。他送邮件去了，便把王银海托付给同事，请同事帮他照看。

王银海每每回忆起那段日子，心里都会对父亲产生埋怨。那时候，王顺友送邮件去了，王银海放学回来就得自己做饭吃，做得好吃不好吃，都是一顿。有一次，王银海感冒了，父亲不在家，他只好自己去医院买药。要是寻常人家的孩子感冒了，爸爸妈妈都会帮他们买来药，端来温开水，让孩子服下，王银海却得独自面对这一切。

有一次，王银海在学校里跟同学闹了矛盾。他跑回家后，那个男孩竟然跟来了，没完没了，还要跟他打架。

"王银海，你出来！王银海，你出来！"那个男孩在门外叫喊着。

王银海知道打不过这个男孩，不愿意出去。

"王银海，有本事你就出来跟我打呀！有本事你叫你爸爸来帮忙啊！"那个同学继续大喊。

王银海躲在屋里，不敢出声。

"王银海，你没有爸爸，你不敢跟我打架，你永远也打不过我……"那个同学大喊道。

"哈哈哈！"跟在后面的一群男同学哈哈大笑起来。

躲在屋里的王银海，流出了委屈的泪水，他想：我就是一个没有爸爸的孩子……没有爸爸的孩子真可怜……爸爸，我被人欺负了，你知道吗……

在王银海被欺负的时候，王顺友正在邮路上奔走，正在给乡亲们送邮件，他有他的使命和职责。王顺友也觉得自己对不起孩子，平常，他总是舍不得打王银海，也舍不得骂王银海，总是轻声细语地对他说："你要好好地读书，将来要比我有出息……"

为了邮政事业，为了山里的乡亲，不止王顺友做出了很大的牺牲，他的家人也做出了很大的牺牲。

只能给她唱支歌

王顺友一直觉得自己对不起家人：对不起父母，对不起妻子，对不起儿女。他觉得自己欠家人的太多了，自己不是一个合格的父亲，不是一个合格的丈夫。

王顺友的妻子韩撒于一九八五年嫁给了他，这一年，王顺友已经从父亲的手中接过缰绳，走上了漫漫邮路。自从嫁给王顺友，家里家外的活儿，比如照顾孩子，种地，喂马等，全是韩撒一个人做，因为王顺友一个月就在家里待一两天。

待在家里的日子，王顺友跟家里人的言语也不多。长时间分离，相互间缺少交流，真正坐到了一块儿，也不知道该说什么了。

每当回到家里,哪怕只有一天时间,韩撒也会好好地照顾王顺友的生活,总是为他烤出热乎乎的山芋来,递到他的手上,说:"来,吃口热乎的。"韩撒知道,王顺友在邮路上经常都是吃冷食,喝凉水,甚至是冰水。王顺友吃着妻子亲手烤的山芋,心里头感到很温暖,但却说不出一句温暖的话来,因为他不知道该怎么用语言来表达这种情感。虽然言语不多,但这样的日子,王顺友和妻子都很珍惜,王顺友走了这么多年的邮路,在家里的日子,加起来也不过三年左右。

每次出发前,韩撒都会细心地给王顺友备马料,备路上吃的干粮。

"路上慢一点儿。"韩撒说。

"嗯,晓得。"王顺友答。

"酒少喝一点儿。"韩撒说。

"嗯,晓得。"王顺友答。

"饭多吃一点儿。"韩撒说。

"嗯,晓得。"王顺友答。

"路上要保重身体。"韩撒说。

"嗯,晓得。"王顺友答。

……

对话很简单。

一切都准备好了。

王顺友牵着马，走上了邮路。每当这样的时刻，韩撒会倚在墙角，看着王顺友和他的马一步步地走远。挥手道别后，王顺友是不敢往回再看第二眼的，他说："如果往回看，我要流泪……"这种硬着心肠的道别，每个月都有两次，一年就是二十四次，一共坚持了三十年。

每一次离别，韩撒虽然没有多余的话，但她一直牵挂着邮路上的丈夫。王顺友有胃病、风湿，还有肠子被马踢断后留下的肚子疼的后遗症，韩撒担心他在路上发病，没有人照顾。韩撒知道邮路艰险，总是担心王顺友会摔跤，还担心下雪天王顺友会冷，睡不好觉。

走在路上的王顺友，也同样牵挂着妻子。韩撒一个人挑起了家里的重担，王顺友也很心疼，但因为自己的工作性质特殊，再怎么牵挂也帮不了她。王顺友牵着马走到山上后，就会时不时回头朝山下看，那是家的方向。

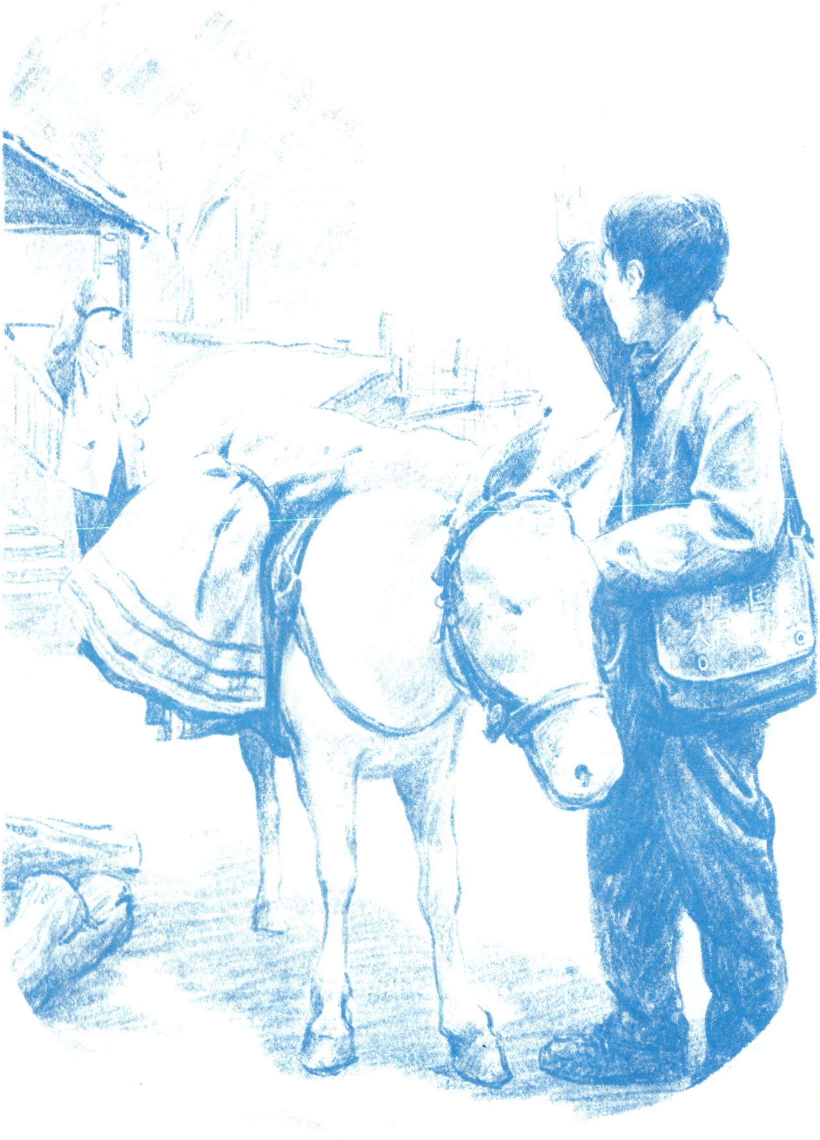

再坚强的韩撒,也有撑不住的时候,二〇〇四年六月,她生了一场病。

韩撒病倒了。儿子王银海住在学校,女儿王晓英又在远方的亲戚家里,韩撒不想给邻居添麻烦,一个人躺在床上,算着王顺友回来的时间,一分一秒地等待着。病痛煎熬着她,可是她没有别的办法,谁叫她是王顺友的妻子呢?幸好这一天王顺友从邮路上回来了,一进家门,便看见躺在床上脸色惨白的妻子。

"哎呀,你怎么了?生病了?"王顺友着急地喊道。

韩撒想说话,却说不出来,只是紧紧地拉着王顺友的手,泪流满面。看着一向坚强的妻子这般模样,王顺友知道她心里的苦,知道她在盼望着自己早点赶回来,他的眼泪也没能忍住……

这一回,韩撒病得很重,王顺友说:"我们去医院,找医生看病。"

"别去了,不要去花那些钱,我在家里躺几天就好了。"韩撒节约,王顺友的工资不高,家里也没有什么余钱。

"你都被病痛折磨成这个样子了,不能再拖了,必须去医院。"王顺友说。

在王顺友的坚持下,韩撒答应去医院。

王顺友到县邮政局借了一千元钱,把妻子送进了医院。在医院里,王顺友一刻也没有离开韩撒,他要好好地照顾自己的妻子。这一回,王顺友整整照顾了韩撒三天,这可是结婚二十多年来的第一次。

"我好多了,你赶紧去送信吧,乡亲们都盼着呢。"韩撒对王顺友说。

"嗯,那我走了。"韩撒所说的,也正是王顺友所想的。

妻子韩撒还躺在医院的病床上,王顺友又牵着马,翻山越岭,给乡亲们送邮件去了。

二○○五年元旦,韩撒又病倒一次。这一次生病,差点要了韩撒的命,因为王顺友正在邮路上,谁也不知道韩撒生病了。韩撒在床上躺了两天,连水也没有喝一口,生命垂危。这时候,邮路上的王顺友,离家还有三天的路程。就是这三天的路程,差一点儿要了韩撒的命。

是邻居老六发现了异样：王家的烟囱怎么两天都没有冒烟了呢？圈里的牛羊都饿得直叫……老六想：韩撒是不是出事了？他进到屋里一看，躺在床上的韩撒已经奄奄一息了。

老六飞快地把韩撒生病的消息告诉了县邮局的领导，领导立刻派人去把韩撒送进了医院。王顺友从邮路上回来，见到病床上的妻子，再一次忍不住泪如雨下。

王顺友觉得自己对不起这个家，对不起撑起这个家的妻子。有人问韩撒："你想不想王顺友继续跑邮路？"也许你会认为，韩撒肯定希望王顺友不再跑邮路了，希望王顺友能多待在家里，和她一起，共同撑起这个家。然而，韩撒虽然流着泪，但却说："只要他天天在家，哪怕什么活儿也不干，我也高兴。可是他送信送了二十年，你要让他不送，他会受不了的。邮路是他的命，家是他的心啊！"

听到这些话，王顺友明白：妻子是最懂他的人，他放不下这条邮路，邮路的确是他的命，但这个家也的确是他放不下的心啊！

王顺友也深爱着这个家,深爱着妻子和儿女。他回家的时间不多,但他会在韩撒不高兴的时候给她唱歌,也会在邮路上为她唱歌。你听,王顺友又唱起来了:

高山起云遮住山,
马尾缠住钓鱼竿,
藤儿缠住青杠树,
哥心缠住我家屋。
獐子下山山重山,
岩间烧火不见烟,
三天不见你的面,
当得不见几十天。
……

这首歌里,有离别情,有相思苦。
唱这歌的时候,王顺友的眼睛含着泪水。
王顺友说:"这歌,是唱给韩撒的。"

大家的儿子

王顺友总是说,他既不是一个称职的父亲、丈夫,也不是一个好儿子。

说起父母亲,王顺友便暗自落泪,深怀愧疚,觉得自己对不起父母,特别是母亲。

自从走上邮路,王顺友便没有时间,也没有机会在父母亲面前尽孝。他一个月在家里的时间也就一两天,在这短短的一两天里,要为沿途的乡亲们采购种子、生活用品等,要到县上清点邮件,还要花时间把包裹捆绑在马背上,所以,他陪伴亲人的时间,真是少之又少。

那一年,王顺友的母亲病重的时候,王顺友正在邮路上奔波。母亲在辞世前,是多么希望能见到自己的儿子呀！母亲离开人世，王顺友连最后一面都没能见上，这是他一辈子的痛。

王顺友的父亲在七十五岁后身体一直不佳，他得病期间，王顺友向单位请了十五天假，天天陪着父亲。在这段时间里，父亲跟王顺友说得最多的，就是希望王顺友好好工作，要对得起这份工作，对得起乡亲们。父亲跟他说："要为党做事、为人民做事才了不起。"父亲还说，"邮包里的东西很贵重，乡里的人又只能靠我们邮递员收送邮件，但是邮递员只有你去做，要坚持，坚持就是最后的胜利……"

父亲的眼里心里只有人民群众。王顺友也跟父亲一样，眼里心里只有人民群众。王顺友觉得，自己虽然对不起父母亲，但是他对得起广大的父老乡亲。其实，在广大的父老乡亲眼中，王顺友就是他们的儿子，是时时处处都为他们着想的儿子。

大山里的老人们，有许多一辈子都没有走出过大山，王顺友的讲述成了他们了解山外世界的重要途径。王顺友时间再紧，也要停下来跟大家拉拉家常。

路过老爹家,老爹请王顺友坐下来说几句话,喝几口酒。

"老爹,胃还痛不?"王顺友抿了一口酒,问。

"吃了你带来的胃药,好多了。"老爹说。

"还没完全好是不?我下回再给你带一些胃药来。"王顺友说。

"好好好。以往啊,胃痛得我都睡不着觉。"老爹说。

"你老人家要多将息啊。"王顺友说。

"你只顾我,也要顾顾你自己。你那个胃,不也三天两头痛吗?要看医生,要调理将息。"老爹说。

"嗯,我晓得。"王顺友说。

……

路过阿婆家,阿婆请王顺友坐下来说几句话,喝几口茶。

"阿婆,感冒药吃完没有?"王顺友喝了一口茶,问。

"这段时间爱感冒,药吃得差不多了。"阿婆说。

"下回我给你再带些感冒药来。"王顺友说。

"下回一定要收钱,上回你都没有收。我先把钱拿给你。"阿婆说完,起身要去拿钱。

王顺友让阿婆坐下,说:"阿婆,你莫急,下回的事情,下回再说。"

……

在邮路上,王顺友牵挂的人太多,独居的老人,体弱多病的老人,农事繁忙的老人……金婆婆就是王顺友最为牵挂的老人中的一位。

金婆婆的儿子在远方打工,每次写信回来,都是王顺友送去,拆开,再念给她听。

"咪桑,我的干儿子啊,再来帮我回个信。"金婆婆说。

"好啊,马上写。"王顺友说完,便从邮包里拿出笔和信纸,开始替金婆婆写回信。

金婆婆的回信一般都很简短,内容也很简单,无非就是告诉儿子自己在家里很好,让儿子在外面不要担心自己,在外面好好保重身体之类的。然而,王顺友明白,信虽然短,内容虽然简单,但有个词叫"纸短情长",这张薄薄的信纸里,藏着金婆婆对儿子的思念啊!所以,再简单的信，王顺友都会非常认真地代写。

除了替金婆婆念信和写信，王顺友还会给金婆婆讲外面的世界。

"咪桑，你坐过飞机。"金婆婆说。

"是坐过啊。"王顺友说。

"你坐飞机的时候看见我在地上做什么？"金婆婆问。

"我看不见你啊，飞机飞得太高了。"

"开飞机的人长什么样啊？"金婆婆问。

"我坐过几趟飞机，开飞机的人我没见过。"

"哎呀，太神了太神了，我这辈子见不了这些东西了。"金婆婆无比遗憾地说。

"马上国家就把公路修到你这门前来了，到时候我用车来接你，去城市聊聊天，看看汽车，看看飞机，看看火车。"

"好啊好啊……"金婆婆无比向往地说。

……

后来有一天，王顺友正在忙碌的时候，一位同事请他接电话。王顺友接起电话，是金婆婆打来的。

"干儿子,你好,我想见你了,你好久都没来过了,信不见送来,人也不见来,我很想你……"金婆婆在电话里说,"在我心头,你比我那亲儿子还亲啊!"

"老阿妈,等再过几天,我把事情办好了,就给你带信去了……"王顺友在电话里说。

王顺友怎么也没想到,这次电话,竟然是他和金婆婆的最后一次通话。等他再次去金婆婆家的时候,金婆婆已经过世了。金婆婆或许知道自己在这人世间的时间不多了,在最后时刻,还牵挂着王顺友这个"比亲儿子还亲"的干儿子,给他打了个电话。

王顺友不仅仅是金婆婆心中的儿子,还是更多人心中的儿子。

二〇〇四年秋天,"健康快车"驶进了木里藏族自治县,县里的白内障患者可以免费做复明手术。倮波乡有老人因白内障而失明,为了赶在"健康快车"离开木里县前把这一消息告诉他们,王顺友不顾胃痛,牵马上路,他要和"健康快车"赛跑。他一路急行,顾不上好好吃饭,顾不上好好睡觉，日夜兼程，以往要走七天的路，这次他四天就赶到了。

王顺友不顾胃痛的折磨送去的通知，为倮波乡因白内障而失明的老人带去了福音，但他却被送进了医院。把通知送到的那一刻，王顺友虚弱得连说话的力气都没有了。

"胃痛本来就需要调养，他又一路奔波，过度劳累，不倒下才怪。"医生说。

就在当天，王顺友带去的"健康快车"的福音，和他带病送通知的消息，很快就传遍了倮波乡。第二天，乡亲们都来医院里看望王顺友，其中有一位双目失明的藏族老阿爸，他由别人搀扶着来到王顺友的病床前，拉着王顺友的手，抹着泪念叨着："我的儿子！我的儿子！"

老阿爸给王顺友带来了几个鸡蛋，这可是他家里仅有的几个鸡蛋。

躺在病床上的王顺友，听到老阿爸的念叨，看着老阿爸带来的鸡蛋，在心里对自己说：再苦再累都是值得的。乡亲们需要我，我一定要坚持走邮路。

暴风雨中送录取通知书

　　王顺友极为负责的工作态度，是大家公认的。自从走上邮路，他没有延误过一个班期，没有丢失过一份邮件，他把每一份邮件亲自投递到收件人的手中，投递准确率达到百分之百。他，是中国邮政的标杆，为"人民邮政为人民"做出了最好的诠释。

　　说起"没有丢失过一份邮件，他把每一份邮件亲自投递到收件人的手中，投递准确率达到百分之百"，不得不说到王顺友在暴风雨中送的两封录取通知书。

　　有一年夏天，木里县遭受了百年难遇的暴雨和泥石流的袭击，从木里县通往白碉苗族乡的所有大路小路都被冲毁了。这场暴雨下了十几天，导致白礀苗族乡和外界隔绝了一个多月。在这一个多月的时间里，白礀苗族乡的人出不去，外面的人进不来。

在这段时间里，最着急的要数布依族女孩海旭燕和藏族女孩益争拉初了。海旭燕和益争拉初都在这一年高中毕业，参加高考后，便回到家里等待高考结果。

到了八月，还没有等到录取通知书，海旭燕有些着急了。她在家里寝食难安，心想：我到底考上了没有？如果考上了，如果被录取了，在这样的鬼天气里，录取通知书能及时送来吗？

就这样，一直等到八月中旬，还是不见录取通知书，海旭燕失望了，她觉得自己已经没有上大学的希望了。

王顺友也很着急，这样恶劣的天气使得他上不了邮路，不能给乡亲们送邮件，送生活用品，他真希望天气赶紧好起来，路赶紧抢修好，他可以正常地走上邮路，完成他的工作。其实，按邮局的规定，这样的天气情况，邮递员可以不用赶这趟邮路，王顺友完全可以不用着急，完全可以在家里耐心地等待情况好转后，再走邮路送邮件。

然而，一向是急乡亲们所急的王顺友，怎能不着急呢？他一封封地翻看着邮件，发现里面竟然有两封录取通知书。王顺友坐不住了，他知道大学录取通知书对山里的孩子意味着什么，意味着山里的孩子就此改变命运！意味着山里的孩子就此有了好前程！要是自己不尽快把大学录取通知书送去，孩子们就会错过到大学报到入学，十二年寒窗苦读，就白白地辛苦了。王顺友对自己说："我决不能耽搁了娃儿们的前程！"

王顺友把两封大学录取通知书用塑料袋裹得严严实实，再放进邮包里。他把邮包捆在马背上，又拿雨布把邮包遮得严严实实。一路上，到处都是水，到处都没有路，王顺友全凭记忆在走。他时常是踩着齐腰的水向前走，遇到实在不好过的沟沟坎坎，他让马和邮包先过，自己再想办法过去——要么爬过去，要么滚过去。

王顺友是扶着马，连滚带爬地赶到白碉苗族

乡的。以往,从木里县到白碉苗族乡,王顺友要走两天两夜,而这次,为了把两封大学录取通知书尽快送到,他只用了一天一夜的时间,便赶到了白碉苗族乡。事后,别人问他为什么要这么赶,他说:"早一天送到,娃娃们可以早一天安心。早一天送到,她们可以早一天开始准备开学,山里头离大学远啊!"

海旭燕永远也忘不了那一刻。

八月下旬的一天,傍晚时分,狂风卷着暴雨,袭击着这个小村庄,人们都躲在家里,在海旭燕已经对录取通知书不抱希望的时候,海旭燕家的狗却叫了起来。过了一会儿,海旭燕家的门被敲响了。海旭燕打开门,她看见一个人:一身泥水,腿上还流着血。这个人的身旁是一匹马,马背上蒙着雨布。只有王顺友才会这样做:宁可自己淋湿,也要用雨布遮住马背上的邮包,保护在他眼中最为重要的邮件。

"海旭燕,你的录取通知书到了。"王顺友说完,从雨布下的邮包里拿出录取通知书,递给了海旭燕。

海旭燕简直惊呆了。她没想到能收到录取通知书，而且还是包裹得严严实实的、干干净净的录取通知书！在海旭燕的印象中，王顺友平时送邮件是不从她家门前经过的，这次，因为她的这封录取通知书，王顺友顺着已经没有了路基的路，找来了。

收到了大学录取通知书，海旭燕一家都高兴得流泪了。万分激动的海旭燕一家，竟然忘了跟王顺友说一声"谢谢"。

"进屋躲躲雨再走吧。"回过神来的海旭燕想请王顺友进屋避雨。

"不了，我还有一封录取通知书要送。"王顺友说完，冒着风雨，转身朝益争拉初家走去。

王顺友赶到益争拉初家，把录取通知书递给了她。益争拉初一家，和海旭燕一家一样异常激动。激动过后，他们一家也万分感谢冒着生命危险及时送来录取通知书的王顺友。

后来，每每说起王顺友，益争拉初的父亲总会红着眼圈说："咪桑是一个最忠诚的人，是我们这里离不开的人！"

88　中华先锋人物故事汇　王顺友

是的，王顺友所负责的邮路——从木里县到白碉苗族乡、三桷垭乡、倮波乡、卡拉乡，这条邮路上的政府、学校、乡亲们，都离不开王顺友，他不辞劳苦、日夜兼程地把邮件送到大家的手中。这一线都没有邮局，在大家的心目中，王顺友就是他们的"流动邮局"。乡亲们总是守候在路边，要么是等邮件或者别人托王顺友给他们捎带的东西，要么是拿着要寄走的信件或包裹等着王顺友这个"流动邮局"来收取。王顺友总是不厌其烦地在这条五百八十四公里长的邮路上，送着邮件，收着邮件。

以王顺友为代表的邮递员的精神，如果用什么词来概括的话，"伟大"算是其中的一个。然而，王顺友却是这样向大家诠释"伟大"一词的，他说："送信的工作是伟大的，伟大之处就在于邮政的工作是在为老百姓做事情。"

送去陶家的期待

邮路上的王顺友，总是想乡亲们之所想，急乡亲们之所急，乡亲们的事情就是他的事情。一路上，他不考虑自己有没有吃饱，有没有睡好，身上被淋湿的衣服有没有干，考虑的总是乡亲们的事情，比如：哪家缺盐巴了，哪家需要买种子了，哪家的包裹需要快递出去，哪家需要他上门去帮忙写信，等等。

王顺友在经过白碉苗族乡的时候了解到，呷咪坪村一组的陶老五家的女儿已经外出小十几年了，没有给家里来过消息，一家人都很担心，不知道女儿在外面生活得怎么样了。每一次，王顺友在清点邮件的时候，都要看看有没有陶老五家的信。每一次，陶老五一家知道王顺友从白碉苗族乡经过的时候，他们都默默地期待自己能像别人家一样收到一封信。每一次，王顺友碰到陶老五家的人的时候，都会安慰他们："不要着急，总会收到信的。有信的时候，我会很快给你们送来。"

陶老五一家的心事，也成了王顺友的心事。

冬日里的一天，王顺友在清点邮件的时候，发现有一封给陶老五的信，他高兴地想：可能是陶老五的女儿写来的信，我得抓紧给他们送去。

王顺友赶到白碉苗族乡，把乡里的报纸放下后，便准备朝陶老五家赶。

"咪桑，地上垫着这么厚的雪，你把信件放在我们这里，我们通知陶家的人来取。"乡里的人对王顺友说。

"不行啊，我必须把信亲手送到陶老五的手中。"王顺友说。

"你放心，我们知道这封信的重要性，我们一定通知他们来取信，或者等我们有人要去呷咪坪村的时候，把信给带过去。"乡里的人说。

"我还是亲自送去吧，他们家等这封信已经等了十几年了。"王顺友说这话的时候，已经走出一段路了。

王顺友来不及吃饭和休息，连水都没有喝一口，便朝陶老五家赶。他心急呀，他知道，这封信对陶家有多重要。

大雪封路，王顺友走得很辛苦。

王顺友很累，他真想停下来歇一歇，甚至躺一躺，但他告诉自己："不能歇，不能躺，可能一躺下就会睡着。"

王顺友很饿，他真想停下来好好地吃点东西。但他没有停下来，他只是从包里拿出糌粑，吃了几口，又塞了一把雪进嘴里，继续赶路。

王顺友很冷，如果有一堆火暖和一下，那该多好！可是王顺友没有停下来生火，他没有停下前进的脚步，因为他一心想着要早点把信送到陶老五家。

十多公里的雪路，终于被王顺友走完了。

"信，信，信——"王顺友朝着陶老五家一边喊一边挥着手上的信。

收到信的陶老五很激动，可是他并不认识字，他对王顺友说："咪桑，麻烦你给我们念一念。"

"好的。"王顺友顾不得坐下来喘口气，便开始给陶老五念信。

王顺友念了一段，说："放心，姑娘成家了。"

"好，好，好。"陶老五一家人流着泪，高兴地点头。

王顺友又念了一段，说："过得很好，你们放心。"

"好，好，好。"陶老五一家人又高兴地点头。

王顺友又念了一段，说："生娃娃了，寄了张照片来。"

陶老五一家人拿着照片，盯着娃娃看，怎么看也看不够，所有的人都流着泪，但是一脸的幸福。

陶老五拉着王顺友的手，说："咪桑，谢谢你哟！谢谢你哟！终于把我女儿的消息带来了……"

王顺友也忍不住掉眼泪，他这是在为陶家人高兴，多年的心愿，终于了了。见到陶家人这么开心，这么幸福，王顺友觉得，这十几公里的雪路，走得虽然辛苦，但很值。

王顺友，用自己并不强壮的身躯，为木里藏族自治县群众和山外的世界架起了一座桥梁，这座桥梁的名字叫沟通。多少年来，他不知道为多少人家送过家书，念过家书，写过家书，为了尽快把这些家书送到或者寄出，王顺友不知道翻了多少座山，蹚了多少条河，走了多少条根本就没有路的路，也不知道贴了多少邮资。如果没有他的乐于奉献与吃苦耐劳，不知道有多少亲人之间会失去联系。

王顺友建起的这座桥梁，狂风吹不动，暴雨打不跑，泥石流也冲不垮。王顺友，用他坚定的信念、顽强的意志和为人民服务的决心，支撑着心中的这座桥梁；用他对事业强烈的责任心、对人民深厚的感情和对乡亲们炽热的心肠，在邮路上撒下爱的种子，开出了一路繁花，这种花的名字叫奉献。

邮路上的节日

　　王顺友在邮路上所度过的节日,就跟他绕过的路、贴过的邮资以及帮助过的乡亲一样,真是不计其数。

　　也许你会说:王顺友可以避开节日呀,尽量在家里过节,特别是过年的时候,一家人团聚在一起,多好啊!可是,一个月走两趟邮路,每趟邮路要走十四天,要把所有的邮件全部送到目的地,如果要在家里过节,那就一定会耽搁送邮件,王顺友坚决不答应。在王顺友的眼里,按时把邮件送到目的地,比在家里过节更重要。

　　在邮路上过节,对王顺友来说,那简直是家常便饭。有时候,王顺友会在老乡家过节;有时候,王顺友会坐在黑暗的夜里,远远地看着大家过节;有时候,王顺友会在荒山野岭中一个人默默地过节……邮路上的节日,对王顺友来说,有快乐和幸福,更多的是孤独和寂寞。

藏历新年对藏族同胞来说,是一个盛大的节日。有一年藏历新年,王顺友正走在山路上。如果王顺友在县城里,这个夜晚,他也会和大家一起喝青稞酒,围着篝火跳锅庄,而在这样的夜晚,王顺友却在山上露宿。

王顺友吃着糌粑,啃着腊肉,想念着家里的亲人。他也想让自己过一个节,虽然他是一个苗族人。王顺友点燃火把,唱起了歌:

我家住在银盘坡,
心里有话好想说。
天天出门为人民,
家里只有妻一个。
……

唱着唱着,王顺友沉默了。他仿佛看到木里

县城里的篝火了，仿佛听到大家的歌声了……

以这样的方式过节，王顺友记不得有多少次了，但王顺友从来没有埋怨过。在他看来，把邮件送到乡亲们的手中，就跟过节一样快乐。

又是一年将尽，王顺友依旧备好了马，准备出发。

"咪桑，马上就过年了，这趟就不走了吧？等过了年再去。"有人对王顺友说。

"不行呢。这些邮件里，有些是外出的人写给家里人的信，有些是寄回家供过年用的东西。"王顺友说。

除了送邮件，王顺友还要给那些托他捎带生活用品的乡亲带生活用品，所以，为了乡亲们能过个快乐年，这一趟，他必须走。

"你非要去的话，就只能在路上过年了。"有人说。

"在哪里过年都一样，大家快快乐乐地过年，就等于我也高高兴兴地过年。"王顺友说。

妻子韩撒也在准备过年了，但她并没有阻拦王顺友，她知道，王顺友是不会因为要过年而放弃走邮路的,她和往常一样,倚在墙角,目送王顺友牵着马走上邮路。

一路上的乡亲们都在准备着过年。王顺友把一封封家书送到了乡亲们手上,把一个个从外地寄回来的包裹送到了乡亲们手上,把自己在县城为乡亲们捎带的生活用品送到了乡亲们手上……看着乡亲们拿到了渴盼已久的家书,收到了亲人寄回来的过年物品,领到了自己带来的生活用品,王顺友的心情就像过年一样愉快。

王顺友走到鸡毛店村的时候,村里的阿婆请他到家里过年。阿婆一家拿出家里所有的好东西,准备了非常丰盛的饭菜。

"阿婆,这饭菜太丰盛了。"王顺友说。

"咪桑啊,过年,就是要把所有的好东西都拿上桌。"阿婆说。

王顺友知道,阿婆把所有的东西都拿上桌,并不是因为过年,而是因为有他在这里过年。

"谢谢你们!"王顺友感激地说。

"应该是我们谢谢你!你给我们送信,送我们这里买不到的东西。"阿婆的儿子说,"要不是你带来菜种子，教我们种菜，我们到现在都还没有新鲜的菜吃。"

"不用谢，这些都是小事情，都是我应该做的。"王顺友说。

对王顺友这样一个乡村邮递员来说，除了认真送邮件外，哪还有什么应该不应该的啊！他完全可以把信件送到各个乡政府就不管了，各个乡政府都会派人把邮件送下去或者是通知收件人来乡里取，但他还是要一件件地送到收件人手上。他完全可以只送邮件，别的什么盐啊，茶啊，种子啊，生活用品啊，跟他又有什么关系呢？但他还是愿意替乡亲们一一捎带。他完全可以只做一个乡村邮递员，乡亲们的大事小事跟他有什么关系呢？但他就是愿意管这些大事小事，并且还当成自己的事情来管，来做。

就这样，一趟又一趟，一年又一年，王顺友不知道在路上过了多少个节日，不知道在路上过了多少个生日。

有人说："如果说王顺友是邮路上的英雄的话，那么，在邮路上的每一天，都是这位邮政英雄的节日。"

比我的命都要金贵

在一九八八年七月里的一天,王顺友来到了雅砻江边。那个时候,雅砻江上还没有桥,人们在过江的时候,靠的是一条溜索,把溜索上的绳子拴在腰上,挂上溜梆,就能滑到对岸去。王顺友跟以前一样,来到雅砻江边的时候,先是把马寄养在江边的乡亲的家里。

"老乡,又要来麻烦你们哟,我的马,在你这里养几天。"王顺友说。

"行,你放心去,我们会把马照顾好。"乡亲说。

安顿好了马,王顺友先把捆得严严实实的邮包背好,然后把绳子拴在自己的腰间,还紧了紧，拉了拉，试了试牢实度。

王顺友向雅砻江对岸滑去。可是，让人意料不到的事情发生了：王顺友快滑到对岸的时候，绳子突然断了！王顺友从两米多高的空中摔了下去，重重地摔在了河滩上，原本背在背上的邮包滑落进了波涛滚滚的雅砻江中，眼看就要顺着江流朝远方漂去。

王顺友急了，在邮路上，最重要的东西就是邮件啊！他来不及多想，顾不得全身的疼痛，翻身起来，捡起一根树枝，便跳进了水流湍急的雅砻江中。

根本不会游泳的王顺友没有想过自己会有生命危险，他一心想把邮包捞上来。在齐腰深的江水中，王顺友拼命地抓邮包。所幸的是，在他的努力下，邮包终于被他拖上了岸。

筋疲力尽的王顺友，在河滩上躺了好一会儿才缓过劲来。

"你傻呀，不会游水，还敢跳江。"岸上的路人说。

"家书抵万金啊！我这里面装的是政府和父老

比我的命都要金贵

乡亲的事，它们比我的命都要金贵。"王顺友说。

"哟，还有比命还金贵的东西？"那人说。

"当然有。"王顺友说。

缓过劲来后，王顺友只休息了一小会儿，便背起邮包，裹着湿漉漉的上衣和裤子，朝目的地走去。他走得很艰难，因为他特别疲惫。

当乡亲们从王顺友的手中接过邮件，当乡亲们在享受着邮件带来的快乐的时候，他们哪里知道，这些邮件，是王顺友冒着生命危险从雅砻江里捞起来的呀！而王顺友，却在一旁默默感受着乡亲们的幸福，默默地享受着属于他自己的那份幸福。在他看来，把邮件平安地送到了乡亲们的手中，便是做好了本职工作，便是在为人民服务，便没有给党丢脸。

有一年，王顺友在倮波乡政府送完邮件，牵着马正准备离开的时候，听见一位正在看报纸的乡干部说："西部大开发太好了，这下子木里县的发展要加快了！"这一刻，王顺友感到很自豪，因为这份报纸是他送来的，他高兴地想：一张小小的报纸，竟然给大家带来了这么好的消息！真是太好了!

是的,如果没有像王顺友这样的乡村邮递员把邮件送进来,偏远的乡村根本就接收不到外面的信息,跟不上发展的步伐,便会越来越落后。

作为一名乡村邮递员,王顺友当然知道邮件的重要性,他一直像保护自己的生命一样保护着这些邮件,甚至把邮件看作比自己的生命更重要的东西。

下大雨了,王顺友宁可自己浑身湿透,也要把邮包裹得严严实实,坚决不把邮件打湿。遇到涨水冲毁路基,他宁可自己踩着齐腰的水或者是泥浆艰难地行走,也要把邮包放在马背上,让马把它驮到安全的地方。白天,邮包从来都不会离开王顺友,他把邮包视若珍宝。晚上,王顺友会枕着邮包睡觉,他说:"把邮包当枕头,如果遇上小偷,一动邮包,我就会知道。"

"咪桑,邮件有那么重要吗?"经常有人问这样的问题。

"重要啊!"王顺友总是说,"给乡政府的文件,里头有重要的政策和消息。乡亲们的邮件里头有汇款单,有亲人写回来的信,有别人寄来的包裹,这些都非常重要,哪一件都丢不得。"

"这些邮件值得你拼命去保护?"这样的问题,也经常有人问。

"当然值得哟!"王顺友总是说,"党组织支持我,帮助我,人民群众关心我,爱护我,一路上,我喝了乡亲们不少茶水,吃了乡亲们不少饭菜,他们还喜欢往我的邮包里塞吃的喝的,我必须得保护好大家的邮件,再辛苦,再危险,也不能给党丢脸。"

不能等

一九九五年冬天过后,王顺友便落下了经常肚子疼的毛病。

这年冬天的一天,王顺友牵着马,从雅砻江上刚修好的吊桥上走过,便来到了特别难走的九十九道拐。每一次走九十九道拐,王顺友都很小心,因为稍不留意,人和马都可能会坠入雅砻江中。就在快要走出九十九道拐的时候,意外发生了:

只听呼的一声响,一只野鸡不知道受了什么惊吓,突然从林中飞出来,正好飞到马的面前。突然飞出来的野鸡吓着了马,马以为有谁要伤害它,拼命地乱踢乱跳。王顺友担心马坠下悬崖，掉进雅砻江，他赶紧跑上前去，想要抓住缰绳，哪知，马的后蹄一下子就重重地踢中了他的肚子。

王顺友倒在了地上，剧烈的疼痛，痛得他头上的汗珠一颗颗往下滴，他终于还是支撑不住，晕了过去。

三个多小时后，王顺友醒过来了，是马把它蹭醒的。睁开双眼，王顺友看见他的马流泪了，仿佛在对王顺友说："对不起，我不是故意的。"王顺友轻轻地拍了拍马的头，费劲地说："伙计……我……不怪你……我知道……你想踢的……是野鸡……它……吓着你了……"

是啊，王顺友怎么会怪马呢？一路上，马是他唯一的伙伴，也是忠实的伙伴，跟着他吃苦受累，和他一起跋山涉水，一起经受风霜雪雨，他已经把马当成自己的亲人，他怎么会责怪自己的亲人呢？而且，当时马的确是被吓坏了，好一阵子才安静下来。

这时候的王顺友，多么希望有个人从这里路过呀！他等了一会儿，没有等到人来。王顺友想到马背上的邮件，想着那些要赶紧送到的通知、报刊和信件，对自己说："不能再等了。"他挣扎着站起身来，继续赶路。

王顺友觉得肚子越来越疼，实在忍不住了，他便坐下来，靠着树或崖壁休息一会儿，或者干脆躺在地上休息一会儿，攒一点儿力气，便又挣扎着起来，继续赶路。

这一路上，王顺友走一程歇一程，他的衣服全被汗水打湿了，一直没有干过。他再走不动也舍不得骑马，他说："马驮着邮件，已经很辛苦了，我再累也不能骑它。"

王顺友忍着疼痛，硬撑着把邮件送完了。

在回家的路上，王顺友实在撑不下去了，才爬到马背上，让马驮着他走。九天后，大家在马背上发现了受伤的王顺友，这时候的王顺友，已经奄奄一息了。邻居老六用拖拉机把王顺友送到了医院。彭辉医生检查过王顺友的病情后，神色严肃地说："肠子已经破了，要是再晚来一天，这命就没有了。马上手术！"

邮局的领导也非常着急，他们对彭辉医生说：

"一定要救活他,一定要救活他呀……"

"肠子破了还能坚持赶九天的路,从没见过这样的人!他的毅力可真是不一般啊!"彭辉医生感慨道。

"他每个月都要走两趟邮路,每趟邮路五百八十四公里,投递准确率百分之百,沿途的乡亲们都拿他当亲人,如果我们不救活他,怎么跟乡亲们交代呀?"邮局的领导说。

躺在手术台上的王顺友,也希望医生能救活自己。他想:乡政府还等着我送通知和报刊呢,乡亲们还等着我送邮件、送盐巴、送茶叶、送药、送种子、送生活用品呢!两个孩子都还小,儿子七岁,女儿五岁,可不能都丢给妻子,她原本就很辛苦了。我还要继续工作,我要继续抚养我的孩子们……

天佑好人。经过医生们四个多小时的抢救,王顺友脱离了危险。然而,虽然脱离了危险,王顺友还得每天换药:先用盐水冲洗腹腔,再填纱布进去。每次换药带来的痛苦,都会让王顺友非常难受。坚强的王顺友却安慰医生:"医生,你放心地整，我不怕疼。"换了十二天药，王顺友痛苦了十二天。彭辉医生说："他的毅力实在是坚强。"

没有坚强的毅力，王顺友怎能带着邮件爬雪山走九十九道拐？没有坚强的毅力，王顺友怎能在邮路上一趟就走十四天？没有坚强的毅力，王顺友怎能每年投递报纸四百多份、杂志三百三十多份、函件八百四十多份、包裹六百多件？

为了送信，王顺友把自己病情延误了九天，带来的后果是：小肠破裂三厘米，腹腔脓肿、溃烂，全腹膜炎，感染性休克，抽出脓液和渗出液九百毫升……这是医生在王顺友的病历上的记录，真是触目惊心啊！

王顺友出院了。这次的危险所带来的伤痛，对王顺友的打击很大，他产生了不再当邮递员的想法。他说："我真有点不想干了，我想回家种地，哪怕穷一点儿，也比干这份又苦又累又孤独的活儿好一些。"但是，很快，王顺友又动摇了，他又说："如果我不走邮路了，我没办法向我父亲交代，没办法向邮路上的乡亲们交代。"

王顺友是属于邮路的,他的身体和灵魂,都一直在邮路上,一直在乡亲们中间。

因为错过了最佳治疗期,王顺友留下了后遗症——肠粘连,其后果是他经常肚子痛,有时候会痛得无法忍受。但是,王顺友却没有因此而误过一趟邮班,他总是咬紧牙关,坚持走完每一趟邮路,把邮件送到大家的手中。

邮路上的家才是他真正的家

王顺友说:"邮路上的家才是我真正的家。"说这话的时候,王顺友的脸上有辛酸,也有自豪。

每个月在家里的时间只有一两天,即便在家里,王顺友也要么是到县上取邮件,办手续,要么在忙着把邮包捆在马背上,收拾他出行的东西,很少有时间做家里家外的事情。

妻子韩撒曾说:"他真狠心啊,我两次生小孩他都在邮路上……"

听到妻子说这样的话,王顺友的眼圈马上就红了,他觉得自己对不起妻子,对不起这个家。应该是一个家的顶梁柱的王顺友,何尝不想留在家里，给妻儿撑起一片蓝天？他何尝不想像别的丈夫一样，日出而作，日落而归？他何尝不想过一日三餐按时吃饭，每天按时睡觉按时起床的日子？然而他不行，他是一名乡村邮递员，他的使命在邮路上，他必须不停地走，把一份份通知、一份份报刊、一封封信件、一个个包裹送到大家的手上。就是这么一份神圣的使命，让王顺友在这条邮路上坚持了三十年。王顺友曾说："如果这仅仅是一个饭碗，我仅仅是为了一份工资，我早就坚持不住了……一想到那些盼着我的乡亲，如果一个月看不见我，他们就认为党和政府不管他们了。在他们眼里，我不仅是邮递员，是共产党员，更是党和政府的代表。我不能让他们失望。"

从邮路上回来，在家里待上一天半天，他又要出发了，又要走向他真正的家——邮路。每次出发，王顺友牵着马，轻轻地对妻子说："我走了。"就头也不回地上路。他知道，他一回头就会掉眼泪；他知道，他一回头，一定会看到妻子的眼泪。妻子韩撒也埋怨过丈夫，但她更多的是对邮路上的丈夫的担心，她说："那条路实在太难走了！"

这条路是很难走，但王顺友没有放弃，他说："送信就是为党做事，为党做事要做一辈子，当不得逃兵！"

在这条邮路上，处处都有王顺友的家，处处都有王顺友的亲人。

多年风餐露宿，不按时吃饭，经常吃凉食硬食，还经常喝冰水，王顺友落下了胃疼的毛病，时不时在邮路上复发。

二〇〇三年冬天，王顺友走邮路走到倮波乡时，胃病又犯了。他忍着胃疼，继续赶路送邮件。可是，他实在是走不动了，便蹲在路旁歇息。

"咪桑，怎么了？"一个叫邱拉坡的乡亲问。

"我……胃疼……"王顺友说。

"赶紧到家里休息一下。"邱拉坡说完，扶着王顺友，牵着马，到了自己的家。

王顺友在邱拉坡的家里躺下了。

邱拉坡的家人给王顺友端来热腾腾的饭菜，说："咪桑，吃口热饭，暖暖胃。"

可是，王顺友疼得直冒汗，根本就吃不下东西。

在邱拉坡家休息了半天，还在胃疼的王顺友站起身来，说要继续走邮路。

"咪桑，你还胃疼呢，不能赶路啊！"邱拉坡说。

"我还有这么多邮件没有送到，我必须走。"王顺友说。

"我去帮你送吧。"邱拉坡说。

"不行，送信是我的职责，而且这路太难走，不能让你来替我受累。"王顺友说。

邱拉坡一家人怎么劝都没有用，王顺友执意要出发去送邮件。

邱拉坡一家都放心不下王顺友，担心他在邮路上出意外。这两天，邱拉坡正在忙农活儿，但是，为了王顺友在邮路上的安全，他把手上的活儿安排给家人，他要跟王顺友一起走剩下的邮路。

"这可不行，我不能耽搁你们做事。"王顺友说。

"我不放心你一个人走。"邱拉坡说。

"不能为了我的事，耽搁你们的事。"王顺友说。

"你是我们的亲人，你的事就是我们的事。"邱拉坡说，"有哪个会眼睁睁地看着自己的亲人生着病走那么远的路？我必须送你。"

王顺友拗不过邱拉坡，便让邱拉坡跟他一起走上了邮路。

邱拉坡陪着王顺友，像照顾亲人一样照顾着他。整整陪了六天，王顺友才把邮件送完。在准备回去的时候，王顺友对邱拉坡说："你赶紧回家忙去吧，信都送完了，我一个人回去就行。"

"不行，我一定要把你平安地送回去。你可不能出半点事情，乡亲们还等着你继续给大家送信呢。"邱拉坡说。

邱拉坡坚持把王顺友送到家里，才放心地回了倮波乡。

回到家里，韩撒见王顺友这副模样，心疼得不得了，抱着他，一边哭一边说："算了，你不要跑邮路了，干脆写个申请退休。我们年龄都不小了，万一出了事怎么办？"

王顺友拍了拍韩撒的肩膀，想说几句安慰的话，却哽咽着，怎么也说不出来。王顺友觉得自己对不起妻子，妻子一个人撑起这个家，还要每天替他担忧，担心他在邮路上没有吃好，没有睡好，担心他在邮路上出什么意外。

"我有三个家：我和我妻子、孩子的家算一个家，住在白碉苗族乡的父亲家算一个家，我独自走在邮路上，邮路也是我的一个家。这三个家，前两个我真是顾不上，邮路上的家才是我真正的家。"王顺友说，"最让我负疚的是我的妻子韩撒，她自从嫁给我，没有享过一天的福。"

> 我家住在银盘坡，
> 心里有话好想说。
> 天天出门为人民，
> 家里只有妻一个。
> ……

王顺友的胃疼还没有完全好，他已经又牵着马，唱着歌，再一次走上了邮路，走上了他真正的家。

亲密的伙伴

在邮路上的这个家,对于王顺友来说,除了最为重要的邮件,马,便是他最为亲密的伙伴了。三十年的邮路生涯,王顺友养过三十多匹马,每一匹马,都或长或短地陪伴着他走过邮路。在他的眼中,每一匹马都是伙伴,都是战友,都是助手,都是功臣,都是亲人。

王顺友爱马,爱到自己都舍不得骑。在邮路上,那些过路的人想骑骑王顺友的马,他总是笑着应允。但是,他自己却舍不得骑马。

"咪桑,你怎么不骑马呀?骑着马走,轻松得多。"有人对王顺友说。

"腰杆子痛。"王顺友笑着说。

熟悉王顺友的人却这样说："哪里是腰杆子痛？他是舍不得骑。"

王顺友的确舍不得骑马。在邮路上，王顺友总是牵着马走，不骑它。他说："它要替我驮邮件，要跟着我走这么远的路，比我还辛苦，我舍不得骑它。"送完了邮件，返程的时候，如果路不好，王顺友也不会骑马。遇上好走的路，王顺友才骑骑马。

王顺友珍惜马。他的马，除了帮他驮邮件，还会帮他找路。在雪地上，一眼望去，白茫茫的一片，前面根本就没有路，但马能帮他找路，他只要跟着马走，就不会走错路，就不会不小心掉下悬崖。

王顺友的马还救过他的命。

二〇〇五年一月六日，王顺友送完了倮波乡的邮件，牵着他的那匹叫金龙的马，走上了回家的路。

"金龙，我们回家了。"王顺友对金龙说。

金龙仿佛听懂了主人的话，点点头，蹭了蹭王顺友的脸。

"金龙，你又完成了任务，回去我要奖励你吃好的。"王顺友说。

王顺友和金龙走到雅砻江边，他远远地看见吊桥上有马帮，高兴地对金龙说："金龙，前面有马帮，我们赶紧走，追上马帮，我们就有伴儿了。"

可是，金龙却在离吊桥还有二三十米的地方不走了。

"金龙，走！"王顺友使劲地拉着缰绳。

金龙还是不走。

王顺友拍了拍金龙的屁股，说："金龙，走，过了桥再休息。"

不管王顺友怎么拽缰绳，金龙就是不走。

就在王顺友使劲地拽着金龙想让它往前走的时候，吊桥一侧的钢绳突然断了，刚刚还走在桥上的几匹马全部掉进了雅砻江，转眼间便消失在湍急的江流中，走在桥上的那个赶马人也掉进了江里。

这惊险的一幕，把岸上的王顺友吓呆了，他出了一身冷汗。过了好一会儿，王顺友才回过神来，拍了拍金龙，说："谢谢你，金龙！谢谢你救了我们的命！你又立了一功。"

后面赶来的人也看到了这一幕。有人问王顺友："你怕不怕？"

"哪个不怕哟？"王顺友说。

桥断了，但王顺友却不能等，他要赶回县里去取邮件，然后继续走邮路，他可耽搁不得。他托老乡找了条渡船，过了江，回到了县里，继续他的工作。

每每提起这件事，王顺友都会说："我要感谢我的马，它救了我的命。这么些年来，我天天跟马待在一起，比跟人待在一起的时间还要长啊！跟马在一起的时间久了，它们知道我，我也知道它们，虽然它们不会说话，但是通人性啊！"

是啊，在王顺友的眼里，马是通人性的，马就是他在邮路上最亲密的伙伴。邮路上，几天都碰不见一个人，王顺友便和马说话。夜晚，伸手不见五指，王顺友唱唱歌，吹吹笛子，还会和马说说话。

马，不仅是王顺友在邮路上驮邮件的工具，更是在邮路上陪伴他的亲人。

邮路虽然难走，但王顺友从来没有向组织上提过物质上的需求。每当关心他的领导们问他有什么困难的时候，他总是说："最希望有一匹好马。"买一匹好马要两三千元，这对县邮局和王顺友来说，是一件多么奢侈的事情啊！然而，艰险的邮路，却特别需要一匹好马，一匹有体力、能识路、懂主人的好马。在邮路上，马太劳累了也会生病。马病了，便走得慢一些，会影响行程。日子再苦，王顺友和妻子韩撒都会善待他们的马，一定会保证马料充足。韩撒曾经说："家里的粮食都拿去喂马了……"

二〇〇〇年的时候，王顺友得到了一匹壮实的好马，是国家邮政局的领导和同志们捐钱买的，王顺友很感动。二〇〇五年元月，凉山州委吴书记又送给王顺友一匹好马。王顺友把这两匹马养得膘肥体壮，他说："我干着自己应该干的工作，也就是送邮件这么一件事，却得到了领导们的关心，我真的很感激。我经常在想，为人民服务不算苦，再苦再累都幸福，因为党知道我在做事，人民知道我在做事，他们都在关心我，帮助我。"

我想念他们

木里藏族自治县白碉苗族乡中心校,是王顺友每次走邮路都要去的地方。他每每走进学校,都会做一件件他认为有意义的事情。

"咪桑,一路上辛苦了。"老师和王顺友打着招呼。

这一路赶来,王顺友一身泥,他用手抹了抹脸上的泥,笑着说:"刚刚还摔了一跤,嘿嘿。"

"要不要进去打点水洗一洗?"老师问王顺友。

"不用了,现在洗了,一会儿还得弄一身泥。"王顺友一边说,一边从邮包里掏出一包东西,递到老师面前,说,"老师,这些文具,你拿去发给那几个家庭经济特别困难的娃娃。"

老师接过包裹，里面有笔、橡皮、直尺等学习用具。老师知道，王顺友是希望他私底下把这些东西送给班里那几个家庭贫困的孩子，王顺友说过，不要当众给他们，怕伤了他们的自尊心。

"您进去看看孩子们吗？"老师问。

王顺友赶邮路的时间一向很紧，在邮路上，如果不是和送邮件有关的事情，或其他特别重要的事情，他一般是不会做一分一秒的停留的，否则，他就不能在十四天内走完邮路。

"进去看看吧，我想念他们。"王顺友说完，便跟着老师进了一间教室。

"咪桑伯伯好！"孩子们齐声欢迎着跟王顺友问好。

"孩子们好！"王顺友大声说，"听爸爸妈妈的话没有？"

"听了。"孩子们齐声说。

"听老师的话没有？"王顺友继续问。

"听了。"

"努力学习没有？"

"努力了。"

……

跟孩子们见了面,王顺友要赶邮路了。他从教室里出来后,后面跟来一个小男孩。

"咪桑伯伯,谢谢您!"小男孩说。

"不用谢!"王顺友蹲下身来,拉着小男孩的手,说,"好好学习,报效祖国。"

"嗯。"小男孩郑重地点了点头。

王顺友对着小男孩笑了笑,说:"回去上课吧。"

"嗯。"小男孩冲着王顺友笑了笑,转身朝教室跑去。

话不多,但千言万语,都凝聚在这微笑里,所有的力量,也都在这微笑里。

这些年来,王顺友总是从自己微薄的工资里拿出一些钱来,帮助那些家庭贫困的孩子上学。他爱学校,爱学校的孩子们,在他看来,孩子们是贫困山区的未来,是祖国的未来。

王顺友还会抽空儿走进教室去给孩子们讲故事,讲他在邮路上的故事,讲他在报纸上读到的故事，讲他听到的山外的故事。

"咪桑伯伯，您晚上住在山林里，有没有野兽跑出来吓您呀？"有孩子问。

"我运气比较好，没有遇见过野兽跑出来伤害我。"王顺友笑着说，"不过，晚上我经常听见它们的叫声，听得我睡不着觉。"

"咪桑伯伯是好人，它们不会出来伤害您的。"有孩子说。

"伯伯，您要是在路上病了怎么办？"有孩子问。

"我有胃病，有时候会带一点儿药。"王顺友说，"如果感冒，我会在林中找草药吃。如果摔伤了，我也会在林中找来草药，嚼烂后敷在伤口上。"

"呀，咪桑伯伯，您真了不起，您还会给自己治病。"

"路上没有医生，生病了，总得要想办法解决，不然的话，就要耽搁送邮件了。"王顺友说。

王顺友还通过自己的小故事告诉孩子们要乐于助人：有一次，走到九十九道拐，王顺友遇上一位背着重物的乡亲,在爬坡的时候,那位乡亲走得非常吃力。王顺友便让那位乡亲走在自己的前面,自己在后面推着他往上爬,好不容易才爬上了坡。在这个过程中,王顺友摔了无数跤,膝盖都磕破了。讲完这个小故事,王顺友告诉孩子们:"在生活中,遇见需要帮助的人,即使我们自己也很困难,也要争取帮助他们,哪怕只能替他分担那么一点点。"

听了王顺友的话,孩子们都懂事地点了点头,表示赞同。

王顺友从邮路上退下来后,也经常去学校看孩子们。他会把自己走出大山后的见闻讲给孩子们听,告诉孩子们,山外的世界很大很丰富,只要他们努力学习,就一定能走出大山,看精彩的世界,学到更多书本上学不到的知识。

这一天,王顺友又带着明信片走进了教室。他说:"孩子们,现在请大家回答我一个问题,答对了就发一张明信片。"

"好!"孩子们齐声回答。

"我们的首都在哪里?"王顺友问。

"北京！"孩子们齐声回答。

王顺友给每个孩子发了一张明信片，并告诉他们："你们可以把这张明信片寄给你们的亲人、朋友，这些明信片自带邮资，你们在寄的时候就不用再贴邮票了。"

王顺友经常问孩子们同一个问题，那就是："我们的首都在哪里？"他说，孩子们都还小，可以这不知道，那不知道，但必须知道我们的首都是北京。他把明信片奖励给孩子们，是希望他们学会用邮件与外界交流，交到更多的朋友，更多地了解山外的世界。

你看，王顺友又带着小礼物，朝学校走去。他说："我想念他们了。小时候，我在这里上了三年学，那时候没有好好读书，现在回来看看孩子们，心里头踏实。"

王顺友爱孩子们，孩子们也爱他。不光是山里的孩子们爱他，山外的孩子们也爱他。王顺友收到过不少信，有山里的孩子写给他的信，也有山外的孩子写给他的信。

这一天，王顺友收到一封远方的孩子写给他

的信:

敬爱的王顺友叔叔,我叫袁梦城,我是在思想品德课上认识您的。我很敬佩您,因为您在零下十度或者是零上四十度的地方还给人送信,还有您尽管自己没有太多的钱,还给别人家里不宽裕的孩子买文具,我真的很想对您说:叔叔,您辛苦了……

走出大凉山

二〇〇一年,王顺友被四川省邮政局评为四川省邮政劳动模范。二〇〇一年五月一日,王顺友被授予"全国五一劳动奖章"。这一次,他走出了大凉山,到首都北京领取奖章,还受到了党和国家领导人的亲切接见。这是王顺友第一次走出大凉山。

"咪桑,都去过首都领奖了,往后,工作不要那样拼命了。"有人对王顺友说。

"不行啊,我要更加努力,才对得起党,对得起人民。"王顺友说。

从北京回来后,在荣誉面前,王顺友并没有骄傲,而是更加谦虚,更加拼命,他说:"领了这枚'全国五一劳动奖章',就更要好好地劳动才对。"

王顺友多年如一日地走在邮路上,荣誉接踵而来:

二〇〇五年二月,凉山彝族自治州委授予王顺友"凉山州优秀共产党员"称号。王顺友还当选了凉山州杰出青年。

二〇〇五年三月,四川省委授予王顺友"优秀共产党员"称号,国家邮政局授予王顺友同志"全国邮政系统劳动模范"荣誉称号。

二〇〇五年五月一日,中华全国总工会授予王顺友"全国劳动模范"称号。

王顺友的感人事迹经媒体报道后,在全国各地引起了强烈的反响,各地都想邀请他去做报告,希望让更多的人知道他的先进事迹,希望大家都来学习他这种忠于党、忠于人民的无私的奉献精神。从二〇〇五年五月到六月,王顺友一直在大凉山外参加各种活动,期间,他再一次受到了党和国家领导人的亲切接见。

走出大凉山,对王顺友来说,是一件值得高

兴的事情。这么些年来,他的青春、他的年华都绽放在邮路上,翻山越岭,风餐露宿,吃糌粑,喝凉水……能走出大凉山,到向往已久的首都北京,开会,做报告,看世界,长见识,这是多么幸福的事情!然而,王顺友在感到幸福的同时,又增添了几许烦恼。

王顺友的烦恼是学说普通话。王顺友在平时的生活和工作中,说的都是方言,要走出大凉山,就得和外界交流,就要说普通话;要去各地做报告,也得说普通话。王顺友说:"学普通话比干啥都困难。在那么多人面前讲普通话,更是难上加难。"

在做报告的地方,负责组织活动的同志请来了播音员,指导王顺友说普通话。一年中有三百三十天在邮路上的王顺友,一连走数天都碰不见一个人的王顺友,已经习惯了孤独和寂寞,习惯了不说话,突然让他讲普通话,还要在众人面前讲普通话,纵使他有满肚子的故事,也一句话都说不出来。

邮路上的英雄,站在讲台上,却不敢开口说

话，这可怎么办？

有爱动脑子的人出了个歪点子：在正式演讲开始之前，让王顺友先唱两句山歌壮壮胆。因为他们听说，王顺友在邮路上最爱唱歌。

唱了两句之后，王顺友果然胆大了起来，他一放得开，便把肚子里的那些故事讲得很精彩，他在台上讲得津津有味，大家在台下听得津津有味。

在王顺友离开大凉山外出开会和做报告的这段时间里，县邮局请了一个老乡为他代班送邮件。满身荣誉的王顺友并没有忘记自己的本职工作，他一回到木里县，便急匆匆地赶到县邮局，分邮件，办手续。第二天一大早，县邮局把邮件用邮车送到了王顺友的家里，王顺友捆好邮件，备好行囊，又走上了邮路。

哎……
我从北京赶回来哟，
乡里乡亲等着我噢，
牵着马儿就上路哟，

送去党的好声音噢喂！

……

王顺友唱着自编的歌，又一次开启了他的邮路征程。

没过多久，也就是二〇〇五年十月，王顺友应邀登上了万国邮政联盟在瑞士举行的行政理事会讲坛，他以一位普通邮递员的身份给前来参会的各国邮政代表们讲述了他走邮路的经历。王顺友的报告，让各国邮政代表认识了以王顺友为代表的为人民服务的中国邮递员。王顺友，为中国邮递员争了光！万国邮联成立以来，在他之前，还没有哪位普通邮递员登上过这个讲坛。王顺友，代表中国邮递员，成了世界邮政人忠实履行服务职责的象征。

二〇〇五年，王顺友被评为感动中国年度人物。组委会给他的颁奖词是：他朴实得像一块石头，一个人，一匹马，一段世界邮政史上的传奇，他过滩涉水，越岭翻山，用一个人的长征传邮万里，用二十年的跋涉飞雪传薪，路的尽头还有路，山的那边还是山，近邻尚得百里远，世上最亲邮递员。

正如颁奖词里所说，王顺友朴实得像一块石头。他在邮路上走了这么多年，为大家做了那么多的事，吃了那么多的苦，获得了那么多的荣誉，但他却像一块石头一样，默默地躺在大山里。记者们去采访王顺友的时候，不断地听到这样的声音：

"来了这么多记者，我才知道他是全国劳模。"

"今天才知道他有这么多的荣誉。"

"他一天天一年年除了送信还是送信。"

"在我们的身边，竟然还有这样一个大人物。"

……

王顺友这块石头，在大家的眼里，闪耀出了美丽的光芒。

王顺友从北京回来后，有朋友跟他开玩笑，说："咪桑，成名人了，让县里给你买辆车。"

王顺友说："我有一匹马，州委书记又送了一匹给我，比车还管用。"

有老乡对王顺友说:"咪桑,出名了,歇歇吧,不要再走了。"

"这下更要努力走,才对得起这些荣誉。"王顺友说。

坚守在邮路上的王顺友,于二〇〇九年国庆前夕,被评为全国"双百"人物(中央宣传部、中央组织部、中央统战部、中央文献研究室等十一个部门联合组织开展评选的"一百位为新中国成立做出突出贡献的英雄模范人物和一百位新中国成立以来感动中国人物")。他再一次走出大凉山,到首都北京,参加了阅兵式。事后,他高兴地说:"我站在彩车上,看到祖国强大了,我为祖国而骄傲,我感到非常幸福!"

我们的祖国为什么日渐强大?正因为有像王顺友这样的奋斗者,默默无闻地耕耘在各行各业的岗位上。

在邮路上继续奋斗的王顺友,于二〇一九年国庆前夕,被授予全国"最美奋斗者"称号。这时候的王顺友已经五十四岁,身板比往年更瘦削,脸庞比往年更黝黑,皱纹比往年更深了,头发也比往年白得更多了。在凉山州的"不忘初心,牢记使命"主题教育先进典型宣讲会上,身着崭新邮政制服的他,胸前佩戴着十多枚金色的奖章,这些奖章在阳光下闪耀着金色的光芒。这光芒,凝聚着他三十多年邮路上的星光、月光和阳光。这光芒,便是奋斗者的光芒。

心还在邮路上

多年以前,在邮路上奔波的王顺友便有一个愿望,希望木里全县的公路贯通,邮递员们能开着汽车或骑着摩托车送邮件,他说:"我真希望自己是最后一个马班邮递员。"他也多次给上级领导提议:一定要让木里藏族自治县乡乡通公路,只有这样,木里藏族自治县的人民群众才能过上更好的日子。

党的十八大以来,木里藏族自治县的经济发展得很快,各方面的建设都发展得很好,木里藏族自治县各乡之间通了公路,乡村公路都修到了各家各户的家门口。二〇一四年,马班邮路取消,正如王顺友多年以前所期待的那样,邮递员开着汽车或骑着摩托车送邮件,以前需要走十四天的邮路，现在开着车只需要一两天就可以。而且，现在送邮件都是送到乡镇上，因为有了座机、手机和互联网，邮件到了乡镇上，就通知大家去取，真是很方便。

王顺友老家白碉苗族乡的马路也修好了，从木里到白碉苗族乡，再也不用花两天两夜的时间翻查尔瓦梁子了。

不用再如往常一样牵着马在邮路上一走就是小半个月了，王顺友竟然有些失落。不过，他还是挺高兴，他说："邮递员们轻松了，乡亲们买东西也更方便了。以前，为了买盐巴，往返需要三四天时间。"

二〇一七年六月，王顺友被任命为木里邮政公司党支部副书记，开始从事党务管理工作。虽然已不再奋斗在邮件投递第一线，但他仍在邮政岗位上勤劳耕耘，继续为党为人民做事情。他说："我现在虽然岁数大了，身体不好了，吃饭由年轻时一顿一斤变成顶多二三两，但我还是要为大家做点事情。我要牢记习近平总书记说的话，要始终把人民的安居乐业、安危冷暖放在心头上，时刻把群众的困难和诉求记在心里。"

王顺友除了做好党务管理工作，还时常去学校里看孩子们，给孩子们送明信片，送学习用品，给他们讲故事，告诉他们要好好学习，更好地建设家乡，建设祖国。

王顺友还会去邮路上走一走，跟乡亲们聊聊天，看看乡亲们收庄稼。

"咪桑兄弟，好久不见了啊！"一位大哥跟王顺友打着招呼。

"是有两年没有见到你了。"王顺友说，"今年的庄稼收成还好吗？"

"好啊好啊，托你的福，用你推荐给我们的优良品种，这些年都是丰收年啊！"大哥说。

一位老阿婆走来了，她问王顺友："咪桑，前些天，他们出去办事，我托他们给你带去的酥油，收到了没有？"

"阿婆，收到了，多谢多谢！"王顺友高兴地说。

"谢什么谢！该说谢的是我们。"老阿婆说，"当年，你给我们带过多少盐巴、多少药啊！都没有收我们的钱。那时候，穷啊……"

"当年，我经常喝你们的茶，吃你们的饭，我走的时候，你们还要往我的包里塞鸡蛋、土豆。如果不是你们照顾我，我恐怕早就饿死冷死在这条路上了。"王顺友说。

"唉，那些年，穷啊！你现在来，我们可以顿顿用好吃的招待你。"老阿婆说。

"现在好了，现在好了，交通方便了，大家的日子更好过了。"王顺友说。

……

跟曾经熟悉的乡亲们聊聊天，看见他们庄稼丰收了，过上好日子了，王顺友感到特别幸福。

王顺友又抽空儿去了三桷垭乡鸡毛店村，那里是他以前每次送信返程时都会住一晚的地方。现在的鸡毛店村可是变了样，以前那些低矮破烂的木房子，而今都变成了高大敞亮的砖瓦房。

"咪桑大哥，进屋坐。"一位乡亲热情地招呼着王顺友。

"兄弟，这日子越来越好了。"王顺友说。

"是啊，越过越好了。"那位兄弟说，"党的政策好啊,现在,我们真是吃穿不愁啊。孩子上学,义务教育九年免学费,生个大病小病上医院有医保,危房改造国家有补贴,能过上这样的好日子,以前真是没想到啊!"

听到这些,王顺友很高兴,他想:这位兄弟讲的就是"两不愁三保障"啊。看来,我们木里全县脱贫,希望很大啊!

如今,王顺友已经是既当爷爷又当姥爷的人了,日子过得很幸福。他家里有六亩地,工作之余,他就陪陪家里人,下地做做农活儿。他说:"那些年走邮路,一个月在家里才一两天时间,很对不起家里人。现在,我要好好地陪陪他们。"

有人问:"你怎么不住在县城里呢?"

王顺友说:"我喜欢住在乡下,在那里,我可以喂养我的马,也更方便照顾乡亲们。"

为了表彰王顺友和他的同事们在马班邮路上做出的贡献,在王顺友的老家,人们布置了一间展览室,作为高原信使纪念馆。纪念馆里,摆有王顺友用过的邮包等物件,画有王顺友所走的邮路的路线图。如果有一天,你走到王顺友的家乡，走进高原信使纪念馆，你一定要看看王顺友走过的路，看看他穿过的衣裳、他背过的邮包，看看孩子们给他写的信、画的画……也一定要走一段他曾经走过的邮路……

你听，雪域高原上，又响起了王顺友嘹亮的歌声：

马班邮路长又长，
山又高来路陡峭。
情注邮路不畏险，
爱洒人民永不悔。
风雪邮路筑忠诚，
不忘初心勇担当。
习总书记好领袖，
党的恩情不能忘。
木里人民一条心，
牵手脱贫奔小康。
为人民服务不算苦，
再苦再累都幸福。
……